JN179098

「さっきからその、パンツがちらほら視界に入って……」
「どうしてそれをもっと早くに言ってくれないいんですか!?」

「俺がフィーネ嬢とペアになりますよ」
アッシュ・レーベン

「アッシュさん、貴方が良ければという前提ですけど、わたしを管理人にして一緒に住むというのはどうでしょうか？」
「……へ？」
「あー、えっと、それは本気で言ってるのか？」
「はい。あ、やっぱり迷惑でしたか……？」

路地裏で拾った女の子がバッドエンド後の乙女ゲームのヒロインだった件

カボチャマスク

角川スニーカー文庫

24432

CONTENTS

プロローグ

「うわぁ、雨かよ」

「寮の魔導天候予測装置だと曇りの予定だったじゃん、最悪」

王立魔法学院の校舎の入り口付近、授業という名の長い拘束時間から解放された生徒たちは雨に足止めを食らって各々愚痴を漏らしていた。

「おいアッシュ、お前どうするよ？」

「カバンに折り畳み傘があるから普通にこのまま帰る」

「なあ、その傘にオレも入れてもらうことって――」

「悪いけど一人分のスペースしかないんだ。諦めてくれ」

俺は友人の頼みを断ると折り畳み傘を取り出してそれを開き、背中に突き刺さる恨めしそうな視線を無視して所々に水溜《みずた》まりができている寮への道を歩いていく。

学院寮は学院からほど近い場所にあるが、それでも少しの間ではあるが市街地を歩く必要がある。

（流石《さすが》にこんな天気じゃ屋台や出店もやってないか）

呑気《のんき》にそんなことを考えつつ、最近になって見つけた学院寮への近道になっている路地に入ろうとした、その時。

「うわあっ⁉」

「っ、……」

路地を進んだ先、暗闇の中でゴミ山に布がかけられた物だと思っていた何かが突然動いて、暗闇から二つの光がこちらに向けられてきたのだ。

それに思わず悲鳴のような声を上げて後退《あとずさ》りしてしまうが、距離をとったことでその布の正体が、フード付きの服を着込み、さらに上からボロボロのローブを羽織った女の子だと分かり、俺の思考は一転し落ち着いていく。

（あれ？　この人、うちの学院の生徒じゃないか……？）

ずたぼろと言っていいほどに汚れたフード付きの服を着込んでいたから、一見しただけでは分からなかったが、王都でも有名なファッションデザイナーがデザインし、素材にもこだわり抜いたという王立魔法学院の、それも袖に金の装飾が施された上流貴族クラスの制服を着た、恐らく俺と同い年くらいの女子が、雨に打たれながら路地裏で蹲《うずくま》っていたのだから。

貴族の、それも上流貴族と呼ばれている者たちの間で虐《いじ》めというのはよくあることだと聞いている。

下っ端を使って敵対する家の者や新興の家の者に嫌がらせをしたり、その虐めがバレた時は自分の派閥で一番立場が弱い者を捨て駒にして切り捨てたりしてしまう。

貴族子女の入学が義務付けられている閉鎖的な空間である王立魔法学院では――いや、これは本当にどこでもよく起こり得る話だな。

「……」

それでも俺はフードの隙間から見えるその女子生徒の、この世の何もかもを絶望し、光を失った目が妙に心に焼きつき、その場から離れることができなかった。

「おい、こんなところにいたら風邪をひくぞ」

そして俺は、下手に関わりでもしたら厄介ごとに巻き込まれると自覚していたにもかかわらず、その女子生徒に自然と声をかけてしまっていたのだ。

「――関わらないでください。わたしは好きでここにいるんです」

その俺の呼び掛けに対して、女子生徒は水を吸って重く、そして相当に不快な感触となっているだろうフードに触りながら、相変わらず生気を感じさせない目でこちらを一瞥《いちべつ》。

他者を拒絶する声でそう返事をし、これ以上関わるなと全身で訴えてくる。

……いや、そんな顔で「好きでここにいる」なんて言われても、そんな言葉を信じる奴《やつ》がどこにいるんだよ。

俺は、ずぶ濡《ぬ》れでボロボロの女の子をひとりぼっちでこんな場所に置いておけるほど図太くはない。

かと言って彼女はいくら説得してもここから移動するつもりはなさそうだ。

だったらここは……。

「ほいこれ。返さなくていいからどこかに行く時はちゃんと差せよ」

俺は持っていた傘と制服の上着を女子生徒に無理やり握らせると、急いで寮に向かって走る。

後ろからは女子生徒が何か呼び掛ける声が聞こえたような気がしたが、それは強さを増した雨音に遮られてしまう。

相手は上級貴族クラスの生徒。下級貴族クラスの俺と関わることはもう二度とないだろう。

そんなことを考えながら急いで下級貴族クラスの学院寮に帰ってきた頃には、俺は全身びしょ濡れになってしまっていた。

とりあえず自分の部屋に入った俺は、風邪をひかないようにと制服を数世代前の自動魔導洗濯乾燥機に入れて部屋着に着替えると、続いて魔導シャワーを浴びる。

自分が転生した時は、中世ヨーロッパ風な世界だったことから生活は苦労するのだろうと覚悟していたが、魔法のおかげで現代日本と殆《ほとん》ど大差ない暮らしを送れているのはとても幸運なことなのだろう。

そうして諸々《もろもろ》の作業が終わる頃にドッと疲れが押し寄せてきたため、俺はそのままベッドに横たわり、眠気に打ち勝つことができず、そのまま熟睡してしまうのだった。

第一章　路地裏の元ヒロイン

『絆《きずな》の魔法と聖なる夜会』、通称『キズヨル』という乙女ゲームがある。

このゲームは、平民の身でありながら特殊な魔法を扱えることから、特例で王族や貴族にしか入学を許されない王立魔法学院に入学したフィーネ・シュタウトが四人の攻略対象と交流する物語。ダンジョンを攻略してレベルを上げ、最後には『光の聖女』に覚醒した彼女が、封印から解放された魔王を倒して世界を救い、四人の攻略対象の内の一人と結ばれるという、一見するといたって王道なストーリーのRPG要素を含んだ作品だ。

しかしこの作品には他の乙女ゲームとは決定的に異なる要素が一つだけ存在する。

それがバッドエンドルート。どの攻略対象とも友好度が一定値に達せず、さらに友人キャラとの友好度も低い状態で二年生に進級することで突入するルートだ。このシナリオでは、フィーネのみが扱える聖魔法は『気持ち悪い闇魔法』とメインキャラから嫌悪され、さらには公然と『悪女』と罵倒されたり、陰湿な虐《いじ》めを受けたりするなど散々な扱いを受ける。そうして最終的に攻略キャラの一人であるアルベリヒ王子に呼び出されたフィーネは退学通知書を突きつけられ、強制選択肢で「受け入れる」を押させられることになる。しかも通常のエンドロールではあれだけ明るく純粋だったフィーネが学院を退学させられて、目から光を失った状態で一人夜の街に消えるというスチルを見せられるエンドロールに入る、曇らせ要素しかない鬱シナリオなのだ。

ノーマルルートや各攻略対象ルートは良くも悪くも王道的な乙女ゲームのシナリオなのに、このバッドエンドルートのシナリオだけは妙に手が込んでいることから、発売後の掲示板では「制作陣が本当に作りたかったのは鬱ゲーなのでは？」と噂《うわさ》された。またこのバッドエンドルートは、計画的に全キャラの友好度を上げないように操作しないと見ることができないことから、逆ハーレムエンドよりも難度が高く、「実質真エンディング」と言われたりもした。

ということで、『キズヨル』は乙女ゲームではなく鬱ゲームとして注目され、明るく純粋で無垢《むく》なフィーネが曇らされていく様を見たいという物好きに購入され、商業的には大成功となったが、ゲーム史の中でもかなり荒れた論争を巻き起こしたりもしたのだ。

さて、俺、アッシュ・レーベンにはいわゆる前世の記憶というものがある。

といっても覚えているものの大半は、最後にプレイしたゲームが『キズヨル』だということと、そのゲームに関する裏設定やバグ技などを含む豊富な知識くらいなのだが。

そして今世で一〇歳の誕生日を迎える頃になり、自分で色々と情報を集められるようになったある日のこと、俺の頭にある考えがよぎった。

――この世界って『キズヨル』によく似ているな、と。

例えば『キズヨル』のキャラクターと全く同じ容姿をした同性同名の人物がいたり、国の歴史が設定資料集に掲載されていた年代表と同じだったりと酷似するものが多く、地形とゲームのマップが同じで、魔法やモンスター、アイテムの名前と効果も全く一緒だったりして、偶然の一言で済ませるには一致しているものがあまりにも多すぎたのだ。

以上のことから、俺はこの世界が『キズヨル』の世界そのもの、あるいはそれに限りなく近いパラレルワールドだと考えた。

しかし『キズヨル』の作中にアッシュ・レーベンという名前のキャラクターは全く登場しない。そもそもレーベン家は歴史の長さしか取り柄のない、下級貴族の中で最も爵位の低い男爵家で、『キズヨル』の舞台となる王立魔法学院に入学しても、主人公とヒロインが通うことになる上級貴族クラスではなく下級貴族クラスにしか通うことができない。

つまり俺は本筋に絡むことができないモブA以下の存在でしかなかったのだ。

先に言った通り、俺の家は貴族の中で一番下の男爵家であり領地などを持たない役人貴族。そして跡継ぎであり王立魔法学院を卒業している長男とその婚約者がいるため、レーベン家での俺の立場は最底辺であり、家族からもいないものとして扱われていた。

一応貴族の子として庶民の一軒家……よりも貧相な別邸、全くやる気のないメイドと生活費を与えられたが家族と顔を合わせることは一切なく、手紙のやり取りすらない始末。

つまり俺の家族から見ても、アッシュ・レーベンはモブ以下の存在でしかなかったというわけだ。

しかしこれは俺にとってある意味幸運なことだった。

恐らく貴族の嫡男なんかに生まれていたら、習い事などで自由に使える時間は皆無だっただろう。

この現状を好機と捉えた俺は、本当にやる気のないバイト気分のメイドを金で釣って保護者になってもらい、倒したモンスターがドロップしたアイテムなどをギルドで換金することができる冒険者に登録し、ついでに彼女に保証人になってもらって個人口座を開設した。メイドを家に帰すとそのまま王都で唯一モンスターが出没する地下水道に潜り、一直線にある場所へと向かうと、『キズヨル』で鉄板の稼ぎ技をこの世界で実現して、一人立ちした後も一生を楽に過ごすことができるくらいの金とステータスを手に入れた。

だが……。

※　※　※

「また懐かしい夢を見たな……へくしゅっ！」

早朝。昨日雨風に打たれながら走って帰ってきたためか、体の震えと寒気と若干の怠《だる》さを感じながら目覚めた俺は、これまでの人生を振り返るような内容の夢を見たことにつまらない感想を呟《つぶや》いた。

体温計があるか使用人がいれば学院に休むと伝えられるのだが、前者はこの寮にはないし、後者はいなくなって久しい。そもそも寮に自分の使用人を連れて来られるのは昨日出会った上級貴族クラスだけだ。

（それにしてもこの世界は一体どうなっているのだろう？）

見た夢の内容のせいか、俺はついそんなことを考えてしまう。

『キズヨル』のメインシナリオはとっくに始まっているはずなのに、ヒロインのフィーネの名前は全く聞こえてこず、ボスモンスターが倒されているのかどうかさえ分からない。

生まれた時代、もしくは入学時期がフィーネと俺とはズレているという可能性は、メインの攻略対象でこのラクレシア王国第二王子でもあるアルベリヒ・ア・ラクレシア殿下が、ゲームの序盤同様に新入生代表として挨拶していたことから否定できる。

ではこの世界に『フィーネ』というヒロインは存在しないのか？

であればラスボスは一体誰が倒すんだ？

「起きて早々に考えることじゃないな……」

そこまで考えて馬鹿馬鹿しくなった俺は、適当にシリアルに牛乳をかけた朝食を取ると、寒さに震えながら自動魔導洗濯乾燥機により完璧に洗濯乾燥されシワ一つない状態となった制服に袖を通し、倦怠感《けんたいかん》を覚えながらも寮の部屋のカギを閉めて学院へ向かった。

「……やらかした」

ようやく登校した俺だったが、イアンに凄《すご》く体調が悪そうだと言われ、保健室で診てもらったところやはり熱を出しており、軽い風邪をひいているということで早退することになった。

俺は喉の痛みや目眩《めまい》、足がつるような感覚や倦怠感に苦しみながらベッドの中で伏せっていることしかできないでいる。

仮に俺が上級貴族の家の者だったら今頃使用人が看病をしてくれているのだろうが、下級貴族の家には、学院に通う間付きっきりで面倒を見てくれる使用人を雇う余裕などない。

そして学院側もそれを承知しているのか、下級貴族の寮の部屋は独り暮らしができることを前提にしたものとなっている。

よりメタ的なことを言えば、ゲーム内で発生するフィーネのデートイベントでお弁当を作らせるためのものなのだろうが。

王立魔法学院は問題を起こすことなく三年過ごせば自動的に卒業となる。まあ学院での成績は卒業後の進路に大きく関わるので、学業を疎《おろそ》かにはできないのだが。

上級貴族の家の者は、派閥争いで敵対派閥を蹴落とそうとあれこれ画策しているようだが、下級貴族には縁のない話だ。

だから貴族もどきの俺は遠慮することなくこうして休んでいても問題ないのだが……。

「レベルアップで免疫力が上がったりすればいいのになあ……」

これも、あるキャラの攻略ルートでフィーネが風邪の看病をして、その次の日に風邪を移され逆に看病されるというイベントを起こすためなのだろうが。

こうして考えてみると、本当にこの世界はフィーネを中心にして回っていたのだなと実感する。

世界の中心、主人公。生まれながらにしてその運命が決定づけられているということの重責は、一体どれほどのものか。

そしてその主人公の座を追われるということは、どれほどの苦痛なのだろうか。

ダメだ。風邪のせいで思考がどんどんおかしくなっていく。

とりあえず水を飲もう。そう思って立ち上がった、その時。

『トントン』

突然部屋の扉をノックする音が聞こえてくる。

おかしい。今の時間帯、他の生徒は皆授業に出ているはずだ。

寮の管理人が見舞いに来たという可能性もないだろう。あの男はただ世話をしているフリをしつつ、貴族の出世頭に尻尾を振ることしか能がない人間だ。

『トントン』

そんなことを考えている間にも扉をノックする音は続いている。

荒っぽい奴《やつ》ならとっくの昔に部屋に押し入っているだろうし、何か襲われるようなことにはならないと見てよさそうだ。

そもそも襲われるような身分でもないのだが。

「はい、どちら様です――っ⁉」

気怠いながらも扉を開けた俺は、ノックしていた人物の姿に驚き目を大きく見開く。

「……こんにちは、アッシュさん。上着をお返ししに来ました」

路地裏で出会った時と同じ死んだ目をしていて、昨日はフードを被っていたから分からなかったが、ろくに手入れがされていないボサボサの髪の少女が、綺麗《きれい》に洗って折り畳まれた制服の上着を持って立っていた。

「……なんで俺の名前を？　それに寮の部屋をどうやって――」

「制服の上着にこれがありましたので」

そう言って彼女は自分のポケットから生徒証を取り出す。

そしてそこには転写魔法で貼られた俺の顔写真と名前が記されていた。

「授業中だから最初は守衛さんに届けようとしたのですが、寮の部屋にいると聞いたので直接届けに来ました」

「あ、ああ。ありがとう……」

生徒証のことを忘れて上着をあげるとか、マジでバカなことをしてたな。

俺は自分が取った行動に呆《あき》れながら、少女から制服を受け取ろうとして――。

「あ、れ……？」

不意に力が入らなくなり、少女の方にふらっと体が傾いてしまう。

そんな俺を彼女は優しく受け止めると、真剣な様子でおでこを触る。

「あの、風邪をひいてますよね？」

「……まあ。いやでもこれくらいなら、寝てたらその内すっかり元通りになるから気にしなくていいよ」

そう言って少女から離れようとする俺だが、やはり体に力は入らず今度は仰向《あおむ》けに倒れそうになってしまう。

それを見て少女は部屋の中に入ると、俺の体をぎゅっと引っ張って倒れないようにする。

「寝室に向かいますよ。いいですね？」

「いやっ、そこまでしてくれなくても」

「いいですね？」

「……はい」

圧に負けた俺は、少女の力を借りながら何とか寝室のベッドに戻るとそこに寝かされた。

最高にカッコ悪いけど、今は大人しく彼女の言う通りにした方が良さそうだな。

「どこか痛む箇所はありますか？」

「鼻と喉、それと頭も……」

「パッと見た感じだと風邪ですね。薬は？」

「……ない」

「そうですか。分かりました」

俺の返答を聞いて少女は何か覚悟を決めたように頷《うなず》くと、両手を俺にかざす。

「目を閉じてください。それと気持ち悪く感じるかもしれませんが、どうか我慢を」

そして忠告するようにそう言うと、少女は小声で何かを呟く。

するとさっきまで感じていた倦怠感や喉の痛みなどが消えていく。

「熱も下がったようですね。もう大丈夫でしょうけど、念のために今日一日は大人しく休んでいてください。それでは」

少女は俺のおでこを触ると、返事を聞くことなく寝室を出ていこうとする。

「ま、待ってくれ！　何かお礼を――」

「お気持ちだけいただきます。昨日も言った通り、わたしは」

と、その時。どこからかお腹《なか》が鳴る音が聞こえてきた。

最初は朝から何も食べてない俺の腹から聞こえたのかと思ったが、目の前のフードの隙間から僅かに見える少女の赤く染まった顔から、何となく察してしまう。

「な、なあ？　腹が空《す》いたから何か食べようと思うんだけど、料理を手伝ってくれないか？」

「……それでしたら、アッシュさん、何か食べたいものとかありますか？」

「え？　君が作ってくれるのか？」

「流石《さすが》に病み上がりの人に料理をさせられませんよ。それで何が食べたいですか？」

「……ならお粥《かゆ》で」

「分かりました。ならここで待っていてください」

「お、おう。部屋にあるものは好きに使ってくれていいからな」

少女は恥ずかしそうにしながらも寝室を出て台所に歩いていく。

『キズヨル』はメイドインジャパンの乙女ゲームということもあってか、舞台は中世ヨーロッパだが食事のメニューには普通に日本食があり、日本と同様の入浴文化も普通にある。

おかげで日本人としての感覚にギャップを持つことなく生きてこられたわけだが。

そう考えながら天井をボーッと見上げていると、少女が土鍋と茶碗《ちゃわん》が載ったお盆を持って寝室に入ってくる。

蓋を開けるとそこには実に旨《うま》そうな玉子粥が。

「お待たせしました。美味《おい》しいかどうかは分かりませんが……」

「いや、これめっちゃくちゃ旨いよ!」

ほっこり優しい味わいの玉子粥は絶品の一言で、茶碗によそわれた粥は一瞬でなくなってしまう。

「あれ、食べないの?」

「……わたしも食べていいのですか?」

「君が作ったんだから当然だろ? ほら遠慮せずに」

「……では、いただきます」

少女はそう前置きしてから新しく茶碗を持ってくるとそれにお粥をよそい、スプーンですくって口に運び、ゆっくり咀嚼《そしゃく》する。

するとと彼女の頬《ほお》を一粒の雫《しずく》が伝う。

「ど、どうかしたのか?」

「いえ、久しぶりに温かい料理を食べたのでつい……」

まあ、あんな路地裏でボロボロになって蹲《うずくま》るような状態になっていたことを考えると、この少女が普段まともな食事にありつけていなかったのは察せられた。

それを考えると、こうしてまともな食事を取るのは本当に久しぶりのことなのだろう。

それから俺たちはゆっくりと時間をかけて玉子粥を食べていく。

そして土鍋が空っぽになる頃には、少女は緊張の糸が切れたのか、ベッドに寄りかかる形で眠ってしまっていた。

「……疲れていたんだろうな」

俺は食器を盆に載せると、少女を起こさないよう注意しながら台所へ向かうのだった。

※　※　※

翌朝、目を開けるとそこはリビングのソファーの上だった。

どうしてこんなところで眠っているのかと一瞬違和感を覚えるが、すぐ昨日起きたことを思い出す。

そっと寝室を覗《のぞ》いてみると、そこにはベッドで寝息を立てながらぐっすり眠っている少女の姿が。

（そうだ。あの後、この子が起きなくてベッドで寝かせたんだったか）

起こした方がいいかと思ったが、時計を見ると始業時間までかなりある。昨日、風邪で寝込んでいたこともあってかなり早起きしてしまったらしい。

そして暫《しばら》くこのまま寝かしておいた方がいいだろうと判断した俺は、急いで「部屋のものは好きに使っていい。出る時はそれで鍵を閉めて玄関ポストに入れてください」というメモと合鍵をリビングのテーブルの上に置くと、制服に着替えて寮の部屋の外へ出る。

そして俺は彼女がゆっくり眠れるようにと願いながら学舎へ走っていくのだった。

「はあっ！」

「ぐうっ⁉」

「勝者、アッシュ・レーベン！」

下級貴族クラス合同での剣術の演習で同級生を三人抜きして勝敗表にサインすると、俺はタオルで汗を拭きながら木陰へと移動する。

「よお、今日はえらい絶好調だな」

声がしたので振り向くと、そこには木陰で水筒を口につけながらリラックスした様子で、まだ続いている試合を観戦しているイアンの姿があった。

「喉の痛みに目眩に頭痛に怠さ。それに加えて肩こりとかも治まったから、マジで調子がいいぞ」

冗談でも何でもなく、今の俺はここ数年で一番調子が良いと言えるレベルだ。

体の不調はないし、気分も高揚している。知らない間にヤバい薬を飲まされたのではないかと疑ってしまうレベルだ。

「このまま五人抜きして伝説でも作ってみるか？」

「流石に疲れたからパス。昼休みまではここでのんびりしてるよ」

そう言って俺は木陰に大の字で寝る。

すると演習が終わった同級生たちは俺たちの側を通り過ぎ、そして俺の顔を見るとまるで悪魔か何かを見たように怯《おび》えながら離れていった。

「……俺、ここまで怯えられるようなことしたか？」

「いや、昨日早退するレベルで体調を崩していた奴が、次の日にはケロッとして無双してるんだぜ？　オレでも流石にビビるわ」

——たしかに昨日の俺は立っていることすらキツい状態だった。

なのに次の日にはまるで何事もなかったかのように平気で授業を受けているんだ。

そう考えるとビビるのも無理はない……のかあ？

「ん、終わったか」

そこでタイミング良く午前の授業の終わりを知らせる鐘の音が聞こえてくる。

生徒たちは疲れ果てた様子で貸し出された剣を保管係に預けると、昼食に何を食べようかなどと雑談をしつつ、学食へと向かう。

「イアン、お前は昼メシどうするんだ？」

「オレはいつも通りカツカレーにするつもりだよ。お前は？」

「俺は……ネギラーメンセットにでもしようかな」

と、何を食べようか話し合っていると、イアンが「あっ」と何かを思い出したように声を出す。

「昨日お前早退したんだったよな。ならあの一大イベントを見てないのか」

「一大イベント？」

「アルベリヒ殿下が婚約を発表したんだよ！」

アルベリヒ第二王子。『キズヨル』で攻略対象となっているキャラの一人であり、ノーマルルートでは勇者として、光の聖女に覚醒したフィーネと共に魔王を倒すはずの人物だ。

といっても下級貴族と上級貴族はクラスが分かれているので接触する機会は殆《ほとん》どなく、授業も別に行われているので、俺が第二王子の顔を直接見たのは、入学式の際に新入生代表としてスピーチしているところを遠くから目にした時くらいだ。

「へぇ、それでどなたと婚約されたんだ？　やっぱり公爵家とか分家のご令嬢？」

「いやいや、それがオレたちと同じ準男爵家のご令嬢なんだよ」

俺やイアンが生まれた準男爵家は、貴族の中で最も多く、同時に最も身分の低い家柄で、その時の当主が何かしらの功績を上げないと爵位を没収されてしまう立場にある。

さらに貴族としての特権はほぼ皆無であると同時に、金さえ積めば買える爵位であるということもあり、伯爵家以上の上級貴族からは平民同様に扱われているのだが……。

「準男爵家の令嬢がよく王族と接点を持てたなあ……。名前は公表されてたりするのか？」

「えっと、たしかエリーゼ・リングシュタットって言ったかな？　婚約発表の時にアルベリヒ殿下に付き添っていたのを見たけど結構可愛《かわい》らしかったぜ」

エリーゼか……、『キズヨル』をプレイしていてそんな名前のキャラは聞いたことがないな。

いやまあバッドエンドでフィーネが退学した後に攻略キャラがどうなったのか分からないから、知らなくて当然なんだが。

しかしそれを踏まえても、準男爵家の令嬢がどうやって王族と付き合うことになったのかは気になる。

「そのエリーゼって人、どこのクラスにいるか分かる？　一度見てみたいんだけど」

「婚約発表と同時に上級貴族クラスに編入されたからオレらじゃ会いにいけねえよ。でももうちょっとしたら顔を見られると思うぜ。何せあんな派手なことをしてるんだからな」

そう言ってイアンは窓の方を指差す。

どういうことかと思いながら窓の外を見て、すぐさま俺は彼が語った「派手」の意味を理解する。

「アルベリヒ、今日はバスケットサンドを用意してきたの。食べてくれるかしら？」

「もちろんだよ、エリーゼ。君が作ってくれたものなら僕は何でも歓迎だ」

王立魔法学院の中庭、多くの生徒の注目が集まるその場所で、アルベリヒ王子と小柄な少女は周囲に見せつけるかのように仲睦《なかむつ》まじく食事をしていた。

「……なあ、俺の勘違いじゃなければあのバスケットサンドは学食で売られてるやつじゃないか？」

「ああ、それで合ってるぞ。それも一番安いやつだな」

「恋は人を惑わせるって言うけど、ああいうことを言うんだな」

そんなエリーゼ嬢とアルベリヒ王子のイチャツキを遠目に見つつ、俺たちは学食に到着する。

メニューを決めた俺たちは、日当たりの良さそうな席がないか探し始める。

すると昨日の女子生徒がテラス席の隅の方で食事をしていることに気づく。

どうやら俺が寮を出た後に普通に目を覚まして登校してきたらしい。

あの席は絶妙に日当たりも良さそうだし……。うん、あそこにしよう。合鍵がどうなったかも確認しておきたいしな。

「アッシュ、良さそうな席はあったか？」

「おう。でも相席になるけど良いか」

「オレは構わないぜ」

よし、これで言質《げんち》は取れた。俺はイアンを連れて彼女のもとへ向かおうとする。

「お前が身分不相応にもこの高貴な魔法学院に不当に在籍している愚か者か」

そして昨日の女子生徒に話しかけようとしたタイミングで、小太りで金髪マッシュルームの〝袖持ち〟の男子生徒が、嫌味たっぷりな口調でその子の前に立ちはだかり、難癖をつけてきた。

〝袖持ち〟とは下級貴族クラスの生徒が使う上級貴族クラスの蔑称だ。

起源は数十年前。学院の制服のデザインを変更する際に、それまでの全生徒共通のものから上級貴族クラスの生徒だけ袖に金の装飾が施されたものに変わり、それに反発した生徒か生徒の親かがそう呼んだことで下級貴族クラスの間で流行《はや》り、そして今日まで受け継がれている。

反対に上級貴族クラスの生徒〝袖持ち〟は、下級貴族クラスの生徒を〝袖なし〟という蔑称で呼んでいるそうだが。

「お前のせいで、王立魔法学院とそこに通うボクたちの名誉がどれだけ損なわれているのか理解しているのか!? お前のような存在はさっさと消えてしまわなくてはならないんだ、この魔女め！」

〝袖持ち〟の男子生徒は唾を飛ばしながら女子生徒に罵声を浴びせる。

それに対して彼女は凄《すさ》まじい剣幕《けんまく》で怒鳴り散らされているにもかかわらず、まるでこれが日常茶飯事であるかのように何も言い返すことなくコップの水を飲んでいる。

言い返したところで聞きはしないのに。

訴えたところですべて潰してしまうのに。

まるでそう言っているかのように、彼女は沈黙を貫いていた。

「そうかい。ボクの話よりも食事の方が大事か、魔女め。殿下からあの話を聞かされいるだろうに」

小太りの〝袖持ち〟はテラスの隅に置かれてある掃除用の水が張られた木の桶《おけ》を持ち上げると、その中に溜められていた水を女子生徒の頭上から躊躇《ちゆうちょ》なくぶっかける。

「……」

「お、おい、アッシュ――」

それを見た瞬間、プツンと何かが切れるような音がして、俺は早歩きで彼女のもとへ向かう。

「っ、まだだんまりを決め込むつもりか。だったら！」

一方、期待していた反応を得られなかったことに激昂《げっこう》した小太りの〝袖持ち〟は鞘《さや》から剣を抜いてそれを女子生徒に向ける。

「この学院に、いやこの世界にお前の居場所なんてないことを分からせてやるよ。その顔に一生消えない傷をつけてな！」

それを見てなお女子生徒は何も口にしないが、それでもその体はたしかに震えていた。

「五秒待ってやるよ。それまでに土下座しなかったら一生残る傷をつけてやる。いーち、にーい」

五秒か。随分と悠長なことをしているな。それだけの時間があればモンスターの一体や二体、屠《ほふ》れるというのに。

「さーん、しぃー」

俺は近くのテーブルに置かれていたステーキナイフを手に取り、女子生徒へと近づく。

「ごーお。時間切れだ、クソ魔女」

そして小太りの〝袖持ち〟生徒が剣を振り下ろした瞬間、俺は全速力で女子生徒の前に立つとステーキナイフ一本で剣を受け止めてみせた。

「なっ……⁉ この野郎！」

小太りの〝袖持ち〟は剣に力を込めようとするが、俺はその隙をついて奴の剣を蹴り抜き、ついでにその太った腹に一撃を加えてみせた。

「ガハッ……。お、お前、誰の味方をしたのか分かってるのか……⁉」

「クズのゲス野郎に酷《ひど》い目に遭わされそうになっている女の子に味方したと思っている、よ！」

「貴様ぁ！」

俺の言葉が癇《かん》に障《さわ》ったのか、小太りの生徒の取り巻きの〝袖持ち〟が短剣を取り出してこちらに突っ込んでくる。

俺はその男子生徒の手を蹴りあげることで短剣を弾《はじ》き飛《と》ばし、そのまま地面に組み伏せた。

うん、やっぱり今日は妙に調子がいいな。力のセーブ具合も体の動かし方も自分の思い通りになっている。

(とはいえ、だ)

白昼堂々学食で大乱闘を始めたということもあって、当然のことだがスタッフや生徒はざわついている。ここは……。

「おい、アッシュ！　いくら何でもこれはやりすぎ――」

「イアン、俺のカバンはお前が預かっていてくれ。それじゃ」

「はあ⁉　それってどういう意味だよ⁉」

「ふえっ⁉　あ、あの⁉」

流石に騒ぎが大きくなりすぎたし、このままここにいても彼女には不幸でしかないだろう。そう考えた俺は女の子をお姫様抱っこすると、開け放たれているテラス席から校庭に出て、さらに柵を乗り越えて街の方に出る。

これであいつらにまた嫌味ったらしいことを言われる心配はないだろう。

「……あ、あの」

そう考えていると胸の方から声が聞こえてくる。下を向くと抱き抱えられたままの女子生徒が恥ずかしそうに身動《みじろ》ぎしながらこう叫んだ。

「い、いい加減に下ろしてください！」

「いや、悪かったよ。何というかこう、理性よりテンションが上回っちゃってさ」

「……もういいですよ。貴方《あなた》がどういう人間なのかは大体分かりましたから。それに助けてもらったのは事実ですから」

学院から少し離れた通りにあるカフェ、そこへ移動した俺に、彼女はストローでレモン水を飲みながらそう言った。

「それよりこれからどうするんですか？　あんなことを起こした後だと学院に戻ったら大騒ぎですよ。……この恰好のまま学院の外をうろついていたら、それはそれで騒ぎになるでしょうけど」

たしかに彼女の言う通りだ。たとえ王都であっても王立魔法学院の制服は目立つし、それにこの子は〝袖持ち〟だから尚更《なおさら》目立ってしまうな。

だが俺もそこまで考えなしで飛び出してきたわけではない。

「ここからすぐ近くにウチの別邸がある。あそこなら金とか、男物しかないけど着替えがあるから明日まで適当に時間を潰せるはずだ」

「……本当に今さらですけど、どうしてわたしにここまで良くしてくれるんですか？　わたし、大金なんて持っていませんよ」

どうしてこの子にここまでしているのか。

その理由は至極単純なものだ。

「何か放っておけなかった、から？」

「……たったそれだけの理由でわたしを助けたのですか？」

「ああ。毎度会う度に君の表情が本当に何をしでかすか分からないほど追い詰められていたから、思わず手を出した。それ以外の理由はないよ」

「……そう、ですか」

彼女は気恥ずかしそうにしながら下を向く。

さて、そんな風に話をしている間にも、俺たちに視線を向けるギャラリーの数は増える一方だ。

普段この時間帯に王立魔法学院の貴族様が外を出歩いているというのはかなり珍しいことだから、こうもなるか。

「とりあえず移動しようと思うんだが、どうだ？」

「……賛成です。こんなにたくさんの人からじっと見られていたら落ち着けませんよ」

というわけで俺は伝票を手に取るとさっさと会計を済ませてしまう。

「あっ、お金……」

「後で払ってくれたらいいよ。今はとにかく時間重視。オッケー？」

「……分かりました」

そう言って彼女を納得させると、俺たちは学院寮ではなく王都にある俺のものとなっている屋敷へと向かった。


王立魔法学院には王都に家がある生徒が数多くいる。しかし入寮する生徒が常に一〇〇パーセントで、家から通う生徒はいない。

理由としては「学院寮では他家の貴族との接点を作れる」ということが大きいだろう。

貴族社会を生き抜くためにコネは重要なものの一つだ。

学院寮はプライベート空間は確保されてはいるが、他の貴族子息や令嬢との距離は近い。

そのため派閥に入ったり同盟を構築したりするための工作もやりやすいことから、生徒は寮生活を選ぶというわけだ。

では貴族社会にそこまで興味を持っていない俺がどうして学院寮で生活しているのか？

その理由は……。

「一体何があったらこんなことになるんですか……？」

女子生徒は呆れたようにため息をこぼしながら、散らかった廊下やリビングの様子を見て苦言を呈した。

ちなみに彼女には言っていない（というより言えない）が、廊下とリビング、シャワー室、クローゼット以外はこれよりも遙《はる》かに酷い状態になっていたりする。

なぜこんなことになっているのかについて言い訳をさせてもらうと、ゲームとは違ってギルドで一度に売却できるアイテムには限度があるからだ。

冒険者ギルドが持っている現金はそれなりにあるが、それでも王都の一等地に建てられている屋敷にある数多くのレアアイテムを一括払いで買えるだけの余力は流石にない。そのため俺が獲得したレアアイテムは小分けして売り払う必要があるため、自然と屋敷に売却用のアイテムが溜まってしまうというわけだ。

まあ倉庫を借りたらいいのではとか、レアアイテム回収を止めたらいいのではとか、そもそも散らかっているのはレアアイテムだけじゃないだろうとか言われたら、たしかにその通りなのだが。

幸運なのは食べ残しなどはないため匂いはそこまで酷くないのと、クローゼットは隔離してあるため服装は多分無事ということくらいか。

「あー、クローゼットは二階の隅にある。散らかってるものは適当に踏んでもいいから。その間に俺は金庫の方に行ってくるよ」

俺が頭をかきながらそう話すが、女子生徒は一言も喋《しゃべ》らない。

……こんなゴミ屋敷に連れてこられたから怒っているのか？

「……はどこにありますか？」

今さらながらそんな不安に襲われていると彼女は口を開く。

「えっと、今なんと……」

「掃除道具はどこにあるかと聞きました」

「何故《なぜ》掃除道具を……？」

俺が質問すると彼女は目をカッと見開いてこう言った。

「この家を掃除するためです！　こんな整理整頓もされてなくて埃《ほこり》まみれの場所にいたら不健康になりますよ！」

「いや、でも俺は普段寮住まいだし……」

「寮が使えなくなったらどうするんですか!?」

「それは、その……」

うん、これはもう下手な言い訳をしてはダメだな。素直に彼女の言うことに従おう。

「多分廊下の奥の物置に全部しまわれてると思います……」

俺は掃除道具がしまわれている場所を指差しながら弱々しく言ったのだった。

「汚れてもいい服に着替えてきましたか？」

「はい、着替えてまいりました」

三十分後、冒険者として活動する際に使っている労働者向けの安い服に着替えてきた俺は、彼女の前に出頭する。

「……ところで君は制服のままでいいのか？」

「わたしは……貸していただいたエプロンで十分です。ではさっさと終わらせましょう」

彼女はそう言いながらエプロンを着けてパンと手を叩《たた》く。

「まずは散らばっている荷物を何とかしましょう。とりあえず庭に全部出してしまおうと思っていますが、大丈夫ですか？」

「……大丈夫です」

「分かりました。ではわたしは廊下の荷物を整理しますから、アッシュさんはリビングの荷物を運び出してください」

「……はい」

何ともまあ情けないことになったがこれもすべては己の怠け癖によるものだ。大人しく大掃除最高司令官の彼女の言うことを聞いておこう。

(にしても、随分と溜めたもんだな)

俺は改めてリビングに散乱している各系統の装備品や強化素材、魔法書などを見て思う。

多分これをゲーム的な表記にしたら、アイテム欄で目当てのものを捜し出すのは至難の業だろうな。今でも十分、いやそれ以上に酷いけれど。

（最初は軽くて小さい魔法書系を出して、その後に強化素材を運び出そう）

そう考えた俺は、黙々と荷物を庭の隅に置いていく。

今にして思うと、よくもまあこんな状態の屋敷に住んでいられたな。住み込みで働いていたあのメイドに、今さらだが罪悪感を覚える。

……まあ、あのメイドの仕事は俺の世話ではなく、兄が結婚するまで俺が問題を起こさないか監視するのがメインだったようだけど。

（と、余計なことを考える暇があるならまずは手を動かさないと）

そうして黙々と作業を進めていくと、長らく目にしていなかったリビングの床が視界に入るようになる。

「リビングの方は……順調なようですね」

そこへ彼女が脚立を抱えてリビングに入ってきた。

「それは？」

「天井や壁もだいぶ汚れているので掃除しようかなと。わたしのことは構わず荷物の運び出しを続けてください」

「お、おう」

そう言って、彼女は脚立を組み立てて天井や壁を雑巾で拭き始めたのだが、ここで問題点が一つ。

（パンツが丸見えなんだよな……）

本人は全く気づいていないようだが、荷物を運び出す度に彼女が穿いている黒いパンツがちらちら視界に入る。

指摘すべきか、だとしたらどのタイミングで言った方がいいのだろうか。

そんなことを考えている間にも彼女はテキパキと天井や壁を綺麗にして、脚立を別の場所に移動させようとする。

と、その時。

「あ」

「っ、危ない！」

あるダンジョンで俺が回収した小さな水晶が足元にあることに気づかなかった彼女は、そこに置いて倒れてきた脚立の下敷きになりそうになった。

俺はほぼ反射的に動くと、彼女を自分の側に引き寄せる。

「ぁ、ありがとうございます……」

抱きかかえられた彼女は恥ずかしそうにしながらも俺に感謝の言葉を伝えた。

「いや、俺が不注意だった。本当にごめん。怪我《けが》とかしてないか？」

「貴方が庇《かば》ってくれたので……。そちらこそどこか痛めたりしてませんか？」

「俺は大丈夫。とりあえず他に小物がないか探してくる」

「わ、わたしもそうします。ですのであの、離れていただけると……」

その言葉で俺はようやく自分がまだ彼女を抱えていることに気づき、慌てて両手を離す。

「本当に重ね重ね申し訳ない……！」

「い、いえ。わたしも不注意でしたから」

「それとあの、失礼ついでに伝えておきたいんだけど」

「？」

「さっきからその、君が穿いてるパンツがちらほら視界に入って……」

「どうしてそれをもっと早くに言ってくれないんですか⁉」

それを聞かされて彼女は顔を真っ赤に染め上げて叫ぶと、ズボンを穿くために部屋を飛び出していった。

「本当に見違えるくらい綺麗になったな……」

日がすっかり落ちる頃、魔導照明に照らされた我が家は、ゴミ屋敷から一転して人がちゃんと住める家に変貌していた。

「はぁ……、これからは定期的に掃除をしてくださいね」

「そうするよ。もうこんなくたくたになるのはこりごりだ」

「ところでリビングはまだ大丈夫でしたが、寮の部屋はここまで酷いことにはなっていませんよね？」

彼女の言葉に、掃除前の我が家ほどではないが本が山積みされて足の踏み場が限られた寮の自室が脳裏をよぎる。

「と、ところで夕飯はどうする？　何か奢《おご》るよ……？」

「露骨に話題を逸《そ》らされた感じもしますが、それよりシャワーとタオルを貸してもらえませんか？」

「使ってもいいけど、それより他人の、それも男の家でシャワーを使うことに抵抗感とかはないのか」

「お姫様抱っこされてパンツまで見られたので、今さら気にしたりしません」

そう言って彼女はむすっとした表情を浮かべた。

「あっ、はい。その件はほんとすみませんでした」

俺が即座に頭を下げて謝罪すると、彼女はくすっと笑う。

「からかってごめんなさい。わたしは本当に気にしてませんから。それではシャワーをお借りしますね」

「ああ。着替えとタオルはどれでも適当に使っていいから」

「分かりました」

そう言い残して彼女は、掃除の間に洗濯と乾燥を終えたバスタオルを抱えて浴室に向かっていった。

さてと、これから彼女をどうしようか。

今日の一件を見るに、彼女は異常なレベルで他の〝袖持ち〟に嫌われている。このまま学院に帰っても、また最悪な事態に遭遇することになるのは目に見えている。

かといって、外の人間で学院内で繰り広げられる貴族の子女のいざこざに関わりたい者などいやしない。でなければ『キズヨル』のストーリーは成り立たないからだ。

まずは、なぜ彼女があそこまで〝袖持ち〟の生徒に嫌われているのか、それを知らないことにはな。

というより、ここまで嫌われるキャラクターって、まるであのルートのあのキャラのような……。

「すみません、こんなにも長く借りてしまって」

そう考え込んでいると彼女の声が聞こえてくる。

「いや、気にしなくても――」

俺はそこまで言って、彼女のその姿に思わず言葉に詰まってしまう。

整えられ艶を取り戻した桃色のミディアムロングの髪、生気を取り戻した翡翠《ひすい》色の目、そしてどういうわけかこの家にあったのだが、さっき頭に浮かんだあるキャラが『キズヨル』のパジャマイベントで着ることになるパジャマを着た美少女。

「フィーネ・シュタウト……？」

俺がこれまで関わっていた相手は、この世界の主役にしてヒロインでもある女の子だったのだ。

第二章　バッドエンドのその先で

『キズヨル』のバッドエンドルートが鬱ゲーと言われている理由の一つが、バッドエンドから即エンドロールに突入という一般的な流れではなく、バッドエンドルートに突入してからも共通ルートの終了まで、すべてのキャラクターから嫌われた状態でゲームをプレイしてエンドロールを迎えなくてはならないということだ。

　アイテムを買いに店に行けば店主から罵倒の言葉をぶつけられ、ランダムイベントはすべてフィーネを傷つけるものに置き換えられ、誰ともパーティーを組むことができず淡々と終わりの日がやって来るのを待ちながらプレイをさせられる。

　その状態でデータ削除をしたら、鍛えたステータスや獲得したアイテムやクリアデータもまとめてロスト。だから否が応でもプレイを続行するしかない。

　と、ヒロインにとってもそれを操作するプレイヤーにとっても苦痛と地獄でしかないことから、「『キズヨル』の制作陣が本当に作りたかったのは鬱ゲーだったのでは？」と言われるようになったのだ。

そしてバッドエンドルートで、フィーネの立ち絵が表示されるのは最後のスチルが表示される直前のみ。

つまり『キズヨル』のバッドエンドルートでは、それまでフィーネがどんな姿なのかを知ることはできない。

そして『キズヨル』本編のスチルで見られるフィーネの姿は、どれも生き生きとした快活な少女であったため、俺は死んだ目をしてボサボサの髪をしていた彼女を無意識にフィーネでないと思ってしまっていたのだ。

しかし今にして思えば彼女がフィーネであると判断できる材料はあった。

その最たるものが、風邪気味だった俺の体調を一瞬で回復させたこと。あれはフィーネのみが扱える『聖魔法』でなければできないことだ。

加えて彼女がフィーネだとすれば、今この世界がどのルートに入っているかも容易に理解できる。

俺がいるこの世界線はバッドエンドに直行している最中なのだ。

「っ、わたしの名前知ってたんですか……」

俺が思わず口にしたその名前を聞いて、彼女――フィーネの表情は明らかに曇ったものになる。

「あ、ああ。一年生の時に下級貴族クラスにも噂《うわさ》は聞こえてきたからな。凄《すご》い魔法を使える女の子が上級貴族クラスに入学してきたって」

　嘘《うそ》は言っていない。平民なのに特別な魔法を扱えるという理由で上級貴族クラスに入学した女子がいるという話は、入学した当初は話題になったものだ。

　もっとも、『キズヨル』で最初に発生するはずの攻略対象との顔合わせイベントがなく、学院の全生徒に知られるという本来の流れにならなかったため彼女の話題はすぐに途絶え、以降も共通シナリオで発生するはずのイベントは何一つとして起こらず、王立魔法学院に入って最初の夏休みの頃には全く話を聞かなくなったのだが。

「俺が君について知っているのはこれだけだ。学食のあいつらのように君を傷つけるつもりはない」

「そう、ですか……」

　しかしフィーネの表情の陰りは消えておらず、さっきとは一転して落ち込んだままだ。

「悪い。無神経なことを言ってしまった」

「……名前を隠していたわたしが悪かっただけです。気にしないでください」

　そう言ってフィーネは作り笑いを浮かべるが、相当無理をしているのが分かる。

　彼女からしたら、学院の人間に名前で呼ばれるのはトラウマを刺激されるようなものなのだろう。

「そ、そうだ。掃除した時にこの家にゲストルームがあるのには気がついただろ？　とりあえず今日はもう遅いしそこを好きに使ってくれ。俺と同じ屋根の下にいるのが嫌じゃないなら、の話だけど」

「ありがとうございます。ではそうさせてもらいますね」

「あー、それと夕飯だけど……」

「ごめんなさい。今は食欲がないので休ませてもらいます」

「……分かった。それじゃおやすみ」

「はい、おやすみなさい」

フィーネは俺に会釈してゲストルームへと向かう。

それから俺はソファーに深く座り込むと大きなため息をつく。

「やらかしちゃったなあ……」

一言そう漏らすと、俺は天井の魔導照明をボーッと暫《しばら》く眺めるのだった。

そしてその日は俺も食欲が湧かずそのまま寝床に入ったのだが、後から思い返すとこの判断は本当に浅はかだったと思う。

次の日、目を覚ました俺がリビングへ向かうと、そこには彼女に貸していたパジャマが綺麗《きれい》に洗濯され折り畳まれた状態で置かれており、その上には――。

「んだよ、これ……」

『正体を隠して、色々と付き合わせて、ご迷惑をおかけして本当に申し訳ございませんでした。すぐに出ていきます』

簡潔にそう記された手紙が財布と一緒にポツンと置かれていたのだった。

その手紙を見た俺はすぐに制服に着替えて王立魔法学院へと急ぐ。

あの内容をそのまま受け取るのなら、彼女は素性を隠していたことに負い目を感じていたのだろう。そして俺が彼女がフィーネ・シュタウトであることに気づいたために、これ以上ここにいられないと出ていってしまった。恐らくそんなところだろう。

クソ、バッドエンドルートのフィーネなら、そんなことをやりかねないと予想できたはずだろ⁉

俺は自分を叱咤《しった》しながら曇り空の下、恐らくフィーネがいるであろう王立魔法学院へと向かう。

明るい笑顔を浮かべていた彼女がまた辛い目にあって、あの苦し気な表情を浮かべて、そしてゲームと同じように一人寂しく学園を去っていく結末を迎えてほしくない。

そう考えていると王立魔法学院の正門前にある大階段に、袖の有無に関係なく大勢の生徒が集まっていることに今さら気づく。

学院の校舎や寮に入るにはこいつらを掻《か》き分《わ》けていかないといけないのか……。

だが今さら面倒だとか言っていられない。

手遅れにならない内にフィーネを見つけださないと。

「ふん、どうやら庶民という生き物は、自らの行為を覚えていることすらできないらしいな！」

その時、真上から『キズヨル』をプレイしていて聞き慣れた、あるキャラクターの声が聞こえてきた。

思わず階段を見上げると、そこにはゲームをプレイする際にタイトルで何度も見た、というか昨日も目撃した『キズヨル』のセンターキャラである攻略対象、アルベリヒ・アラクレシア第二王子が顔をしかめながら、項垂《うなだ》れるフィーネを怒鳴りつけている。

そのアルベリヒ王子の隣には、彼の幼馴染《おさななじ》みで、王国屈指の猛将の息子にして無双の槍《やり》使《つか》い、ユージーン・グライム。

宮廷魔術師のトップの息子で、光属性と闇属性を除くすべての属性魔法を使いこなす稀《き》代《たい》の天才魔術師、レコン・アルバッハ。

長きに渡って王国財務尚書として宮廷を支える重臣の息子で、学院生の身ながら複数の商会を運営するカリスマ経営者デイヴィット・ベヌス。

そんな現在の王立魔法学院で最も影響力のある四人の美青年、通称〝四騎士〟が、揃《そろ》ってフィーネに敵意を剝《む》き出《だ》しにしていた。

だがその時俺が引っ掛かったのは、四騎士と一緒にいる少女の存在だ。

メインヒロインとすべての攻略対象がその場に集うという異質な状況、そんな中で強烈な違和感を放っているのが、アルベリヒ王子に寄り添うように立っている茶髪でサイドポニーで小柄で、そして〝袖持ち〟の女子生徒であるエリーゼ・リングシュタット嬢。

彼女は攻略対象をすべて侍《はべ》らせ、彼らを盾にしながらフィーネを見下していた。

「貴様はエリーゼに対して数々の嫌がらせを働いたばかりか、邪悪で穢《けが》らわしい魔法で僕たちを殺そうとした。どうやって証拠を消しているのかは知らないが、貴様のような魔女が学院にいることを僕は認めないぞ」

アルベリヒ王子の口から出た台詞《せりふ》は、大部分はバッドエンドルートで彼が話していたものと同じだった。

唯一違うのはエリーゼについての言及だ。

「……わたしはエリーゼに嫌がらせはしていませんし、殿下を傷つけようと思ったこともありません」

「エリーゼをあれだけ酷《ひど》い目に遭わせておいてまだシラを切るのか、この魔女が！」

フィーネは弱々しい声で弁明するが、ユージーンは練習用の槍の石突を勢いよく地面に叩《たた》きつけて怒鳴る。

「エリーゼが教科書や私物を盗まれたのは紛れもない事実。そしてそれらを盗むことが可能だったのは、彼女と常に行動を共にしていた君だけだ。物的証拠はないが犯人はフィーネ、君以外にはあり得ない」

「自分が気に入られるためにエリーゼを貶《おとし》めるような卑怯者《ひきょうもの》は、この学院の品格を落とす。さっさと退学したらどうだい？」

王立魔法学院において最高権力者である四騎士からの罵詈雑言《ばりぞうごん》が止《や》むことはない。

ならば、ここは多少強引にでも会話することができない状態にしてしまおう。

「殿下。もしかするとあたしが間違っていたのかもしれません。殿下や皆様を傷つけていた本当の悪女は、フィーネ様が言う通りあたしだったのかも――」

「エリーゼ、そんなことは絶対にない！　君は僕が怪我《けが》をした時に懸命に看病してくれた！　そんな優しい君が悪女なわけがないだろう！」

陳腐な演劇の舞台と化した大階段では罪を認めたような素振りをするエリーゼの言葉を、アルベリヒ王子が感情的になりながら否定し、その光景を見て野次馬《やじうま》となっていた周囲の生徒は、より強い嫌悪や侮蔑の視線をフィーネへ向ける。

俺はそんな野次馬に紛れ込んでフィーネとの距離を詰めつつ、取り出した魔法杖《まほうじょう》で天をかき回す。

「いい加減に認めたらどうだ！　すべて自分がやったと――うわっ!?」

「な、なんだ!?　どうして突然こんな土砂降りが!?」

「く、くそ！　前が見えねえ……！」

「エリーゼ！　校舎に待避しよう！」

上空で風魔法と火魔法、そして水魔法を同時に発動することで突発的に引き起こされた豪雨により、断罪ショーは中断を余儀なくされ、四騎士とエリーゼなる少女、そして野次馬は退散していく。

そして俺はフィーネのもとへ駆け寄ると、彼女の手を取った。

「フィーネ、今すぐここから出るぞ」

「あ、アッシュさん？　どうしてここに――」

「理由は後！　ほら立って！」

雨音にかき消されないよう声を張り上げてフィーネを立たせると、滑って転んでしまわないように注意しながら階段を駆け下りる。

「……………！」

その時、背後を振り向くとエリーゼが睨《にら》み付《つ》けるような視線をぶつけてきていたが、俺はそれを気にしている暇はないと考え、フィーネを連れて学院寮の自分の部屋へと向かうのだった。

※　※　※

「うへえ、まだ止まないのか……」

学院寮の自室に駆け込んだ俺は窓の外の光景を見て呟《つぶや》く。

とっくに魔法の効力は切れているはずなのだが、外は彼女——フィーネと初めて出会った時と同じようにバケツをひっくり返したような大雨が続いている。

多分俺が複合魔法を使わなくても土砂降りになっていたんだろう。

「……どうしてわたしを助けたりしたんですか」

そこでフィーネが俯《うつむ》いたまま俺に問いかけた。

「前にも言っただろ。放っておけないって。このままだと君は自分から破滅に向かっていきそうだなと思ったんだよ」

「そうですか……」

その言葉を最後に俺たちの間に沈黙が流れる。

ど、どうしよう。何か気の利いたことを言った方がいいのかな？　いやでもあんなことがあった後に冗談なんて言えないし……。

「あー、とりあえずこの濡《ぬ》れた体と服をどうにかしようか……？」

「いえ、その必要はありません」

フィーネは自分と俺の胸に手を当てると、「ブレッシング」と唱える。

すると俺と彼女の濡れた髪と服は一瞬で乾く。加えて服や髪から洗い立てのような良い匂いがする。ただしシワや髪の乱れはそのままだが。

なるほど、これがあるから路地裏にいたあの日、フィーネから臭さを感じなかったというわけか。

……すでに彼女がフィーネ・シュタウトだと分かっているのでわざわざ聞くまでもないのだが、それでも確認しないといけないか。

「フィーネ、今の魔法は？」

「……わたしだけが使える、と聞いている『聖魔法』の一つで、体の汚れを払うことができる『ブレッシング』という魔法です」

「その聖魔法とあのエリーゼという女の子は、君が虐《いじ》められていることに関係していたりするか？」

あえてストレートにぶつけた俺の質問にフィーネは体をびくりと震わせる。

そしてフィーネの目には、この世のすべてに対する恐怖や怒り、絶望、そして諦めが入り混じったものが浮かんでいた。

だけどここで怖がっていたら彼女の問題を解決することはできない。

「これから聞くことは君にとって酷なものだと思う。それでも今のフィーネの状況を改善するためにも教えてほしい。これまで君に何が起こったのかを」

俺はフィーネの目をまっすぐ見据えて手を握りながら尋ねる。

フィーネは深呼吸すると小さく頷《うなず》き、彼女もまた俺の顔を見据えながら口を開く。

「……分かりました。少し長い話になるかもしれませんけど、構いませんか？」

「ああ。大丈夫だよ」

そして彼女はポツリポツリと呟くように喋《しゃべ》り始める。

自分の身に何が起こったか。これまでどんな目に遭ったのか。そしてエリーゼ嬢がフィーネに何をしたのかを。

第三章　乗っ取り

わたしには昔から、どんな傷や病気でも一瞬で回復させてしまう不思議な力がありました。

わたしは初め、この力は魔法か何かだと思っていましたが、人を癒《い》やす魔法は存在しないと聞かされて余計にこの力のことを理解できなくなりました。

ですがマザー・ヒルダは「知らなくていい。理解できなくていい」とわたしに言い、そして「この力をわたしの許可なく人前で使ってはいけない」と忠告しました。

その時に何となくわたしは察しました。

マザー・ヒルダはこの力のことを知っているのだと。

けれどマザー・ヒルダは、それまでずっとわたしのことを心の底から思って世話してくれました。

だから彼女の言うことは間違っていないと考え、わたしはマザー・ヒルダの言葉を素直に受け入れました。

力を使うのはマザー・ヒルダの許可が出て、なおかつ力を使う相手がポーションなどで回復させられない酷《ひど》い重症を負った時のみ。

わたしはそんなマザー・ヒルダの教えを守りながら、辺境の孤児院で多くの弟や妹たちと平穏に暮らしていました。

ですが三年前のあの日、わたしはマザー・ヒルダの教えを破ってしまったのです。

その日、わたしは薬草を取りに行くために山へ出かけていました。

しかし朝起きた時は晴天だった山の天気は、一転して酷い雷雨となってしまいました。

ただその山は幼い頃から登っており、雨風を凌《しの》ぐことができる安全な洞窟が近くにあることを知っていましたから、わたしは冷静にそこへ向かうことにしたのです。

その道中でわたしは出会ってしまいました。

金色の目と鳶色《とびいろ》の髪を持ち、そして落石に遭って怪我《けが》をしており、苦悶《くもん》の表情を浮かべているそのお方を。

その方の怪我はとても酷いもので、すぐに麓の町にある医院に運ばないと命を落としかねない状態でした。

ですがその時の天候で山を下りるのは危険だったので、わたしはその男の人を支えながら洞窟を目指すことにしました。

そして洞窟に辿《たど》り着《つ》いたわたしは、男の人を寝かせるとマザー・ヒルダの許可なく〝力〟

を使ってしまったのです。

　力により見る見る内に怪我が回復していく様子を見て、男の人は目を見開き、わたしにこう尋ねました。

『このような魔法は見たことがない。これは何か特別な魔道具を使った結果なのか？　それとも君は誰か高名な魔術師のお弟子さんなのか？』

　その方の質問に対して、わたしは隠し立てすることなくこう返してしまいました。

「これはわたしが昔から使える力です。詳しいことは何も分かりません」

　わたしの返答にその人はさらに驚きましたが、それ以上この力について追及してきませんでした。

　ですが雷雨が止《や》み、山を下りられるようになった時、男の人はこう尋ねてきたのです。

『君のおかげで一命を取り留めることができた。是非ともこの礼をしたい。どうか君の名前を教えてくれないだろうか？』

　わたしの故郷の村では〝犯罪〟が起こることは全くなく、あったとしても酒場での喧嘩《けんか》などのしょうもないことばかりでした。

　だからわたしは不用心にも答えてしまったのです。

「……わたしは、フィーネ・シュタウトです。ですがお礼は必要ありません。わたしは人として為《な》すべきと思ったことをしたまでです」

その返答に鳶色の髪のあの方は大きく笑い、そして『君のことがますます興味深くなった』と話し、自分の足で山を下りていかれました。

そして一年後、そんな事があったことをわたし自身が忘れかけていたある日、村に綺麗《きれい》な白馬に引かれたとても豪華な馬車がやって来ました。

その馬車から降りてきた身なりの良い方々は迷うことなく孤児院へやって来ると、出迎えたマザー・ヒルダに「特例措置としてフィーネ・シュタウト嬢に王立魔法学院への入学許可が下った」と告げました。

マザー・ヒルダは「ありがたき幸せです」とだけ答えると、わたしを呼び寄せて話しかけました。

王立魔法学院に入学するかどうかは自分次第だ、と。

わたしはこの力でより多くの人を救えるのであればそうしたいと答え、王立魔法学院への入学を決意しました。

それからは本当に目まぐるしい毎日でした。

貴族社会で必要になる礼儀作法や言葉遣い、王都で身に着けておくべき一般常識、王立魔法学院とは何たるかを教え込まれ、そしてわたしは故郷を旅立つ日を迎えました。

孤児院の子供たちや村の人は王都へ向かうわたしに激励の言葉をかけてくれましたが、マザー・ヒルダだけは悲しげな表情を浮かべていたことを今でも忘れられません。

ともかくわたしは、生まれて初めて故郷の村を出て王都へとやって来ました。

煌《きら》びやかな街並みに活気のある大通り、村とは何もかもが違うその風景に感嘆し、ここで三年間暮らすことになるのだと意気込みました。

そして寮に着くと、周囲の人々が奇異の目でわたしを見ていることに気付きました。

それは当然のことでしょう。王立魔法学院は貴族しか入学を許可されない学院で、庶民の新入生はわたしだけなのですから。

「貴女《あなた》がフィーネ・シュタウトさん？　あたしはエリーゼ。これからよろしくね」

そんな中でわたしに臆することなく話しかけてくれたのがエリーゼでした。エリーゼとわたしはすぐに仲良くなり、いつも一緒に行動するようになりました。

やがてわたしは、自分の秘密について何もかも明かすほど彼女のことを信用するようになりました。

ただ一つ気になったのは、なぜか彼女がわたしの毎日の予定を異様に気にしていたことでした。

その日はどんな授業を受けるのか、どの建物へ向かうのか、街へ出かけるのか、いつ寮へ帰るのか。

そういったことを彼女は、毎朝会う度に教えてほしいと頼んできました。

正直に言ってわたしは毎日予定を立てて行動しているわけではないので、どう答えればいいか苦慮しました。

それでもわたしは、「今日はこの授業を受ける」「明日は寮にいる」などざっくりとした予定を伝え、それに対して彼女は「今日はこっちの授業を受けた方がいい」「明日は街に出かけた方がいい」と答えました。

本当に愚かな話ですが、あの頃のエリーゼはいつも優しくしてくれていたので、わたしは彼女の言葉を信じてその通りに予定を立てました。

エリーゼがわたしのいない場所で、具体的にどんなことをしていたのかは知りません。

分かったのは、彼女が回復ポーションを大量に保管していたこと、それとアルベリヒ王子殿下たちが怪我を負った時にそれを使って治療したということ。

そして「フィーネ・シュタウトはエリーゼ・リングシュタットを邪悪な魔法で脅迫している」という噂《うわさ》を学院中に広げていたということでした。

わたしがようやく事態を把握したのは二年生になった時で、その頃には学院の他の生徒の皆さんがわたしに向ける視線は軽蔑や嫌悪を含んだものとなっていて、「売女」「悪女」「魔女」と陰口を叩《たた》かれ、時には教科書を取られたり、頭から水をかけられたりといったことをされるようになりました。

わたしは必死に弁明しました。

わたしはエリーゼにそのようなことはしていない。そもそも邪悪な魔法なんて知らないし使えない、と。

ですがその言葉を信じてくれる人は一人もおらず、弁明はむしろわたしの立場をより悪いものにしていきました。

とどめとなったのは二年生に上がって何度目かの野外戦闘訓練です。

野外戦闘訓練とは貴方《あなた》も知っての通り基礎戦闘を習得するため、そして二年生になった生徒のレベルを上げて魔力を向上させるために行われる魔物討伐のことです。

訓練には宮廷魔術師や騎士の方々が警護役として同伴しており、魔物一体に対してクラス単位で戦うことになっていますから、よほどのことがない限り生徒が怪我をすることはありません。

しかしそれを考えてもクラスの皆さんの戦い方はとても危うげなものでした。

わたしは、それまで孤児院の子供たちを守るために村の近辺に現れた魔物と戦ったことはありましたが、王立魔法学院の他の生徒の皆さんは、人以外との本当の実戦には不慣れなようでした。

ですからせめて大怪我をしないようにと、わたしは自分が唯一使える魔法で『防御の加護』をおかけしたのです。

……そしてそれが終わりの始まりとなりました。

戦いが終わった後、同じ野外戦闘訓練に参加していた方々は不愉快そうな表情を浮かべながら、わたしを取り囲んでこう仰られたのです。

『貴様、僕たちに一体何をした』

『お前が出したあの変な光、オレたちを魔物に殺させるためのものだろ!?』

わたしは必死に弁明しました。

あれはわたしが使える力の一つ『防御の加護』で、決して皆さんを陥れるためにやったわけではない、と。

『「防御の加護」？　攻撃以外で他人に干渉できる魔法なんて聞いたことがありません』

『やっぱりオレたちを騙《だま》そうとしてたんだな!』

『そもそも君のような庶民に気遣われるほど我々は弱くない』

わたしの話を聞いてくれる人はおらず、最後にアルベリヒ殿下は汚物を見るような目でわたしを見て、こう仰られたのです。

『――気持ち悪い。二度と僕たちの前でそのおぞましい力を使うな』

あの時の絶望や苦しさ、自分のすべてを否定される感覚は今でも忘れられません。

それから少し経《た》ったある日、わたしは上級貴族の方々しか入ることが許されないサロンへと呼び出され、アルベリヒ殿下、グライム様、アルバッハ様、ベヌス様、そしてエリーゼに取り囲まれました。

アルベリヒ殿下は怯《おび》えたような演技をするエリーゼを庇《かば》いながら、突然わたしに「やはり貴様だったか、魔女め」と言ってきたのです。

続いてグライム様たちは烈火のごとき怒りの表情を浮かべ、わたしを責め立てました。

そしてアルベリヒ殿下は次にこう仰ったのです。

『僕たちに危害を加えようとしたこと、エリーゼへのこれまでの蛮行、許してはおけない。悪女フィーネ、僕は絶対に貴様をこの学院から追い出してやる』

一瞬、わたしは自分が何を言われたのか理解できませんでした。

殿下たちに危害？　エリーゼへの蛮行？　学院からの追放？　これはたちの悪い冗談か何かではないのか、と。

わたしは頭の中に浮かんだ考えに混乱しながらも、エリーゼがこれはただのドッキリだと言ってくれるのを期待して、「ドッキリですよね？」と口にしてしまったのです。

そしてそのわたしの発言はアルベリヒ殿下たちにとっては火に油を注ぐようなものだったらしく、あの方々は怒りをさらに増してこう仰いました。

『まだそのような見苦しい言い訳を吐くのか。大人しく認めないのであれば、お前のような悪女を育てた孤児院も潰さなくてはならないな』

グライム様からそう告げられた時、わたしの脳裏をよぎったのは自分に懐いてくれる大勢の弟や妹、そしていつも優しげな笑みを浮かべているマザー・ヒルダ――おばあちゃんの顔でした。

あの温かい場所が壊されてしまう。

そのことを理解してしまったわたしは、必死にそんなことは聖女神様に誓ってしていないと訴えました。

それでも殿下はわたしの訴えを聞き入れることはせず、改めてただちに学院を去るようにと命じました。

そこから先のことはあまり覚えていません。

多分ショックでそのまま学院の敷地を出てしまったのでしょう。

気がついた頃にはわたしは王都の路地裏へと辿り着いていました。

この時のわたしはもう体力も気力も使いはたしていて、魔法で自分の汚れを払うのが精一杯でした。

もう自分でもどうしたらいいのか分からなくなっていました。

このまま学院を退学したら自分の夢を叶《かな》えられなくなる。だけどこのまま在籍したら故郷の皆がどうなるか分からない。

だからわたしは暗闇に蹲《うずくま》って気配を消してすすり泣くことしかできず、そしてその涙も枯れてこの世の何もかもに絶望するようになってきた、そんな時です。

『おい、こんなところにいたら風邪をひくぞ』

そう心から心配するような声をかけてくれた人が現れたのは。

※※※

フィーネがすべてを話し終えた頃には雨が止み、日は落ち、窓の外から街の紅《あか》い光が部屋に差し込んでいた。

「……ごめんなさい。たったこれだけのことなのに、こんなに時間をかけて長々と話してしまって」

「いいや、むしろよく喋《しゃべ》ってくれたよ。話しづらいことを聞かせてくれて本当にありがとうな」

フィーネは小さく「ありがとうございます」と呟《つぶや》くが、曇った表情で俯《うつむ》いている。

何せ本人の口からあの鬱シナリオが語られたんだ。俺も結構なダメージを受けている。

だけどこれで聞きたいことは聞けたと思う。

まずマザー・ヒルダがフィーネに力――『聖魔法』をあまり人前で使わないようにと言ったのは、聖女として魔王と戦う運命に投じられるのを避けるためだろう。

マザー・ヒルダはかつてこの世界で最大の宗教『聖女神教』で最高位の司祭だった人で、フィーネの力が聖魔法であり、彼女が光の聖女となることを知っていたと逆ハーレムルートの終盤で語るシーンがあったからな。

そしてフィーネが山で助けたという鳶色の髪の男は、エルゼス王太子で間違いないだろう。

これについては共通ルート終盤、時期で言うと二年生の二学期辺りに、フィーネが庶民でありながらアルベリヒたちと仲良くしていることを妬んだ一部の上級貴族の子女が、フィーネを陥れるため、「フィーネ・シュタウトの王立魔法学院の入学推薦状は、彼女が持つ得体の知れない力で偽造されたものである」というデマを流すイベントが起こり、フィーネと攻略対象キャラはそれを払拭するため奮闘することになるのだが、最後の最後で彼女たちの窮地を救ったのがエルゼスなのだ。

その時に語られた内容は、かつて自分が山で命を落としかけた時に助けてくれたのがフィーネだということ、そして彼女の持つ力が光の聖女にしか扱えない聖魔法だと告白するというものだったから、エルゼスだと断言していいだろう。

問題はエリーゼだ。

彼女は、故郷の村を出て見知らぬ人間ばかり、それも全員貴族の子供という特殊な環境で孤立しかけていたフィーネに寄り添い、彼女からの信頼を得た。

そこまでであったら下級貴族の娘が憐憫《れんびん》の感情を抱いたと片付けられただろう。

しかしエリーゼは、フィーネのその日のスケジュールを聞きだし、彼女の行動を誘導し、ポーションを大量に確保することでアルベリヒ殿下たちの怪我を治していたようだ。

……恐らくだが、エリーゼは『キズヨル』本編でフィーネが取った行動をなぞったのだろう。

フィーネと攻略対象キャラとの交流は、すべて彼女がその力で怪我や病を、彼女しか扱えない『聖魔法』で癒やして興味を持たれたことから始まる。

しかしポーションによって能力を補うことで、エリーゼはフィーネの立ち位置を乗っ取ってしまう。

加えてフィーネの一日のスケジュールを握ることで、アルベリヒ王子たちと出会わないようにし、彼女が彼らの友好度を稼がないようにする。

そしてフィーネはエリーゼのことを信頼、というより彼女にマインドコントロールされているから、そのことに違和感を持つことはない。

すべて憶測でしかないが、もしこれが事実だとすればエリーゼという女はとんでもない人間であるということになる。

フィーネの僅かな心の隙を突くことで彼女を支配し、それによって攻略対象キャラたちをも自分の思い通りにしてしまう。

こんなことをできるのは、俺と同じく『キズヨル』というゲームのシナリオやキャラクターを知っている者、つまり転生者の可能性が高い。

そうなるとエリーゼと俺との戦いは、どちらによりゲーム知識があるか、ということになるな。

「……あの」

　そんな風にエリーゼとの戦いを想定して作戦を練っていると、おずおずとフィーネが話しかけてくる。

「ん？　どうかしたのか？」

「やっぱりこれ以上アッシュさんに迷惑をおかけすることなんてできません。ですからここを出ようと思います」

「……ここを出て、その後は？」

「それは……、分かりません。でもわたしがここにいてもアッシュさんに良いことなんてないでしょうし……」

　そう言ってフィーネは心の底から申し訳なさそうに頭を下げながら、部屋を出ていくために立ち上がろうとした。

「負けたままでいいのか？」

「っ！」

「エリーゼに何もかもいいようにされて、惨めに、何も得られず引き下がって、それで良いと君は本気で考えているのか？」

　俺は煽《あお》るようにフィーネに話しかける。

「……良いなんて思ってる訳ないじゃないですか。でもっ！　他にどんな手段があるんですか⁉　孤児院を守って、無実を証明する方法なんて、わたしには……」

フィーネは感情的になりながら俺に叫び、そして自分が八つ当たりのようなことをしてしまったことを申し訳なく思ったのか、小声で「すみません」と呟く。

「戦意は残っているみたいだな」

「……え？」

「君はこの状況で引き下がることを良いと思っていない。だったら後は、戦って勝つか負けるかだけだ」

「勝つか、負けるか……」

「フィーネ・シュタウト、君はどうする？　このまま引き下がるか？　戦って、抗《あらが》って、勝つか」

フィーネは俺の言葉を聞いて黙りこむと、暫く悩み、そして覚悟を決めた表情でこう言った。

「……戦いたいです。引き下がりたくないです。勝ちたいです」

「ならそうしよう。無実を証明し、エリーゼが好き勝手できないようにしよう。俺が君を勝たせてやる」

俺はフィーネに手を差し伸べる。

弁明を続け、学院に通い続けていたことからも、フィーネが内心ここで諦めたくないと考えているのは何となく分かっていた。

だから俺がするべきことは彼女の背中を押すことだけだ。

「本当に勝たせてくれるんですか？」

「ああ」

「もう惨めな思いをしなくても済むんですか？」

「そうだ」

「アッシュさん。貴方を信じてもいいですか？」

「ああ、俺を信じろ。信じてついてこい」

その言葉を聞いてフィーネは、目からぽろぽろと涙を溢《こぼ》しながら俺に抱きつく。

「……お願いします！　わたしを、わたしを勝たせてください……！」

俺はフィーネを抱き締め、背中を擦《さす》りながら、彼女により強く信じてもらえるように力強く語りかける。

「約束するよ。フィーネ、君を惨めな屈辱から解放すると」

※　※　※

「よ、一昨日以来だな、アッシュ」
「あー、そうなるのか？」
翌日、王立魔法学院に登校した俺は教室でイアンと会う。
ちなみにフィーネは、昨日の件があったから今日は王都の屋敷の方で休んでもらってい
る。あんな目に遭った直後に登校するのはキツイだろうし、エリーゼたちに勝つために、
俺も一人で情報収集がしたかったからな。
「……何か俺、避けられてる？」
「学食で〝袖持ち〟の生徒を相手にあれだけの大立ち回りをしたんだから、そりゃ避けら
れるだろ」
そりゃまあ〝袖持ち〟相手に喧嘩を売った、〝袖なし〟で準男爵家の次男坊と関わりた
い奴《やつ》なんていないか。
ま、学院内では元々友人と呼べる相手もイアンしかいなかったわけだし、気にすること
でもないか。
「にしてもアッシュ。最近授業をバックレてばかりでお父さんは心配だぞ」
「誰がお父さんだ。そういえば昨日の雨は凄《すご》かったけど学院ではどうだったんだ？」
「外の授業は中止で、雨が止んだタイミングで休校になって皆帰ったよ。そろそろ梅雨だ
けど、この時期にあんなゲリラ豪雨が起こるって珍しいよな」

どうやらあの豪雨は俺が魔法で発動したとは思われていないらしい。学食の件で警戒はされるだろうが、それだけなら問題ない。

「なあ、この前エリーゼ嬢が中庭でアルベリヒ殿下とイチャついていたけど、毎日あんなことをしているのか？」

「……毎日中庭にいるけど、アルベリヒ殿下とばかり一緒にいるわけではないな」

「どういうことだ？」

「四騎士様と日替わりでイチャイチャしてるんだよ。いわゆる逆ハーレムってやつだな」

「はあっ⁉」

王子と婚約発表しておきながら浮気するって、一体どういう神経をしているんだ……？

「それじゃ四騎士様同士もバチバチしてるってことなのか？」

「いや、同時婚約してるから仲は良いままらしいぞ。なんでも第二王子殿下の権限で可能にしたらしいぜ」

もし俺に『キズヨル』の知識がなければ「そんなバカな」と口に出していただろう。

しかし俺はその展開を知っている。加えて同時に婚約した者があの四人だと考えると、余計にこの異常事態に納得してしまう。

エリーゼと婚約しているあの四人のイケメンは『キズヨル』の攻略対象だ。

そして真エンドである逆ハーレムルートでは、協議の末にアルベリヒ王子が自らの権限と立場を使って、フィーネと自分たちとの四人同時婚約をそれぞれの親に納得させるという展開がある。

それらを考えると、エリーゼはゲームの逆ハーレムルートを歩んでいるということなのだろう。ここまでくると、彼女が『キズヨル』というゲームの知識を持っているのはほぼ確実だ。

残るはエリーゼに「悪意」があるかどうかだな。

「なあ、エリーゼ嬢に会える場所って本当にないのか？」

俺がそう聞くとイアンは暫《しば》し悩んだ後、辺りを見回して声を潜めながらこう言った。

「学食でおにぎりとかサンドイッチとか売ってるだろ？　毎日昼休み前にそこで〝手作りの弁当〟を調達してるらしいぜ」

「……なるほどねえ」

恋は人を惑わせるとは言うが、ここまでとはな。いやあの四騎士が、学食でクソ安く売られているおにぎりやサンドイッチを認知していないという可能性もなくはないが。

何はともあれ、これでエリーゼと接触する方法を入手できたわけだ。早速それを試すことにするとしよう。

「おーい、そろそろ授業の準備しねーとまずいぞー！」

「ほいほーい」

俺は一限目の授業の準備をしながらエリーゼとどう会話するかを考えるのだった。

「……卵サンドは前にユージーンにあげちゃったのよね。ここのメニュー、レパートリーが少なすぎるのよ」

昼休み前、学食の棚に並べられたおにぎりやサンドイッチを前に、一人悩む少女がそこにいた。

小柄で茶髪でサイドポニーの〝袖持ち〟の女子生徒。間違いない。フィーネを糾弾していた四騎士と一緒にいた女子生徒、エリーゼだ。

「すみません。もしかしてエリーゼ・リングシュタット嬢ですか？」

「うぇっ⁉　あっ、え、ええ！　そうよ⁉」

俺が話しかけるとエリーゼは明らかに動揺した様子で返事をする。

「やっぱりそうでしたか！　昨日アルベリヒ殿下と一緒にいた方に似ているなと思って。第二王子殿下とのご婚約おめでとうございます！」

「あら、ありがとう。貴方のような方にもお祝いしてもらえて嬉《うれ》しいわ。あの大雨はそれを祝ってのものだったのかしら？」

ふむ、やはりあれはバレていたか。

まあここまできたら嘘《うそ》を貫き通すとしよう。

「すみません。覚えたての魔法を練習していたら暴発してしまって。決して貴女様に危害を加えるつもりは……」

「へえ、本当にそうかしら？　あたしには貴方があのクズを庇っているように見えたのだけれど？」

「そんなことはありませんよ！　エリーゼ様は〝袖なし〟の身分からアルベリヒ殿下の婚約者になられた方、いわば〝袖なし〟の希望ですからね。俺たちの間では現代の『シンデレラ』や『かぐや姫』だと評判ですよ！」

「シンデレラ？　ふふ、そう呼んでもらえるなんて嬉しいわ！」

エリーゼは俺の称賛に気を良くし、明らかに浮かれた様子になる。よし、このまま聞けるだけのことを聞くことにしよう。

「ところでどうやってアルベリヒ殿下と親しい仲になったのか、後学のためにお聞きしてもよろしいですか？」

「そうね。殿下と仲良くなったのは……親切にも先例を見せてくれた子がいたからかしら」

「先例？　それは具体的にどういうことですか？」

「ごめんなさい。これは貴方には理解できないことだから説明できないわ」

「……そうですか。そういえばフィーネとかいう平民出身の女子生徒に虐《いじ》めを受けているらしいですね。大丈夫なんですか？」

「それについては、アルベリヒ殿下が学院長と相談して、明日すべてを解決してくれる予定だから心配いらないわ。彼女は退学通知書を渡されて、正式にこの学院を去ることになるの」

「そうなんですね。安心しました。ちなみにフィーネからは何がきっかけで虐めを受けるようになったんですか？」

「ええっと、そうね。彼女はあたしとアルベリヒ殿下が仲良くなってからそれに嫉妬して、悪質なデマを広めるようになったの。それは次第にヒートアップして、遂《つい》にはあたしの持ち物を盗んだり、壊すようになったりして……」

エリーゼは両手で顔を覆い、自分がどれだけ酷い目に遭ったのかをアピールする。

「なるほど、それは辛い思いをしましたね」

俺はエリーゼに同情しながらそう言うと、彼女と距離を取る。

「と、すみません。お時間を取らせてしまって。エリーゼさんの恋路、応援しています」

「いいえ、大丈夫よ。それと応援ありがとうね」

そう言って俺はエリーゼと別れると、そのまま学食の方へと向かう。

さて、もう断言してしまってもいいだろう。彼女は俺と同じ転生者だ。

この世界のおとぎ話に『シンデレラ』と『かぐや姫』は存在しない。似たような物語ならあるかもしれないが。

もしこの世界で生まれた純粋な人間なら、『シンデレラ』や『かぐや姫』という名前を聞いたら「誰？」と反応するはずだ。

けれどエリーゼはその二つの単語を聞いて、疑問を覚えるどころかむしろ上機嫌になっていた。

そして第二王子と仲良くなったのは親切な子が先例を見せてくれたからだと言っていたが、あれは多分『キズヨル』本編のことだろう。

ともかくこれでエリーゼとは容赦なく敵対できるし、徹底的にぶっ潰すことができる。

そして俺は、学院の向こう一週間の予定が書かれたカレンダーを確認すると教室へと戻り、その日の授業を乗りきったのだった。


「フィーネ、明日はなるべく近くにいながら登校しよう」

「は、はあ……」

放課後、屋敷に戻ってきた俺は開口一番フィーネにそう伝えた。

「明日、エリーゼは君に最後通牒《さいごつうちょう》を突きつけてくる。それが俺たちの反転攻勢の合図だ」

「最後通牒？　それは一体どういう……？」

「君を王立魔法学院から強制的に退学させるというものだ。エリーゼ本人が明日それを行うと言っていたから信憑性《しんぴょうせい》は高いと思う」

「きょ、強制退学⁉」

バッドエンドルートのラストは、フィーネが退学通知書に強制的にサインをさせられるシーンだ。ゲーム内の時期的にはまだまだ先のイベントだが、エリーゼはそれをこのタイミングで無理やり引き起こすつもりなのだろう。

しかしフィーネ自身による自主退学ではなく、学院の退学通知書による強制退学であれば、こちらにも打つ手はある。

「俺たちは退学通知書に書かれてあることがデマだと皆に訴える。そして君が邪悪な魔法を使っておらず、エリーゼに悪質な嫌がらせをしたこともないということを証明するんだ。決闘という方式でね」

この国では決闘は何よりも重んじられており、今回の強制退学のような決定に対して不服があれば、己のすべてを賭けて決闘を行い、相手に勝利すれば決定を覆すことができるのだ。そしてもう一度言うが、この国で決闘は何よりも重んじられている。そのような形で決定に異を唱えられて、決闘を拒否したら、王族・貴族としての品位は地の底まで失墜することになるのだ。

「で、でも、アルベリヒ殿下やグライム様たちは演習で本職の騎士や宮廷魔術師に認められるほどの実力者ですよ？　そんな方々をどうやって……？」

たしかに『キズヨル』のゲーム内で他のモブキャラの初期レベルが一なのに対して、アルベリヒたち攻略対象キャラはレベル一であっても、全員初期レベル五相当のステータスだった。

そして今は二年生へと進級して数週間が経った時期だ。積極的にレベル上げせずボスキャラの経験値だけでレベルアップしていれば、レベル一〇（実質的なステータスはレベル二〇相当）となっているだろう。

それはフィーネも同じなのだが、如何《いかん》せん彼女はこの世界で唯一のヒーラー兼バッファーであり非力なため、真正面から殴り合えば間違いなく負ける。

もちろん、フィーネを一人で戦わせるつもりはない。

だがこの決闘はフィーネの無実を証明するためのもの。そのため彼女にもある程度は戦ってもらう必要がある。

「もちろん決闘の日まで、君には尋常じゃない努力をしてもらうことになる。君にその覚悟はあるか？」

「……はい、わたしにできることなら何なりと」

フィーネは決意に満ちた表情で頷《うなず》く。

「分かった。ならフィーネには――」

俺は決闘当日に向けた準備や作戦会議について話す。

すべてを話し終わった頃には日が昇っていたが、俺たちには眠気や疲労感はない。

「それじゃ作戦通りに」

「はい！」

俺たちは奴らに果たし状を突きつけるために屋敷を出ていったのだった。

※　※　※

「懲りずにまだ来るとは、貴様は本当に学習能力がないな」

フィーネが学院に登校するや否や正門で待ち受けていたアルベリヒたちと鉢合わせすると、ユージーンが突っ掛かってきた。

そして周囲には〝袖持ち〟を中心とする野次馬《やじうま》が。恐らくこれはフィーネを徹底的に貶《おとし》めるために前日から仕込んでいたのだろうな。

しかしフィーネはそれに怯《ひる》むことなく、強い意思を宿した目で絡んできたユージーンを無言で睨《にら》み返す。

「……くそ。何だよ、こいつ」

「もういい、ユージーン。この悪女には僕がとどめを！」

フィーネの目に怖じ気《おけ》づいたユージーンは思わず後退《あとずさ》りするが、それに代わってアルベリヒが彼女の前に立つ。

「フィーネ・シュタウト。貴様は邪悪な魔法を使い生徒たちの命を危険に晒《さら》したばかりか、悪質なデマをばらまきエリーゼ・リングシュタットに嫌がらせを繰り返し、これらの悪行の証拠を出されてもそれを認めなかった。貴様のような悪女の存在は王立魔法学院の品位を落とすことになる。よってフィーネ・シュタウト、貴様に強制退学を命ずる」

アルベリヒが退学通知書を突きつけると、野次馬たちが沸き立つ。

「……それがわたしを退学させる理由、ですね？」

「あっ、ああ。そうだが……？」

それにフィーネは静かに聞き返すと俺の方を見た。

──さて、それじゃ俺の仕事を始めるとしようか。

「わたしはそれこそが悪質なデマであると宣言します。そしてそれを証明するために殿下に決闘を挑みます！」

「なっ、決闘だと⁉」

「はは、これは笑える。総合試験で最上位のオレたちに勝てると思ってるのかよ！」

フィーネの決闘宣言にアルベリヒたちは一瞬唖然《あぜん》とするが、すぐにそれを笑い飛ばす。

「それに僕たちは四人だ。いくら邪悪な魔法を使えるからといって貴様だけで勝てるわけが──」

「じゃ、俺がフィーネ嬢とペアになりますよ」

そこで俺はアルベリヒの言葉を遮り手を上げてフィーネにつくと宣言すると、野次馬をかきわけて彼女の隣に立つ。

「誰だ、貴様は？」

アルベリヒはさらに険悪な表情を浮かべる。

まあ当然の反応だろう。突然部外者の下級貴族が自分の話を遮って我が物顔でしゃしゃり出てきたのだから。

一方の俺はそんな第二王子たちの態度を無視して口を開く。

「レーベン家次男アッシュ・レーベンです。以後お見知りおきを」

「レーベン？　聞いたことがない家だな」

「それはそうでしょう。自分の家は先祖代々大した手柄を立てたことがない底辺貴族ですから」

俺は飄々《ひょうひょう》とした態度を意識しながらアルベリヒに返答する。

「この決闘に名乗りを上げたことが何を意味するのか分かっているのだろうな!?」

「それはもちろん」

そんな俺の態度にアルベリヒは苛《いら》つき、この行動に伴う代償について声を荒らげつつ問いただしてきた。

それに俺が躊躇《ちゅうちょ》なく返事をすると第二王子は歯ぎしりをする。

——そして彼の背後に隠れていたエリーゼは俺の姿を見ると、「どうしてお前が」という困惑と「余計なことをしてくれやがったな」という不快感を剝《む》き出《だ》しにした表情を浮かべていた。

「決闘は私たち四人と君たち二人で行う。そういうことで本当にいいんだな？」

と、そこでレコンが無理やり話を戻して、俺とフィーネに改めて確認する。

「……はい、それでお願いします」

「俺も意思は変えませんよ。というかそちらは本当に四人だけでいいんですか？　エリーゼ嬢にも加わってもらった方がいいのでは？」

「っ、貴様らのような愚図《ぐず》の相手をエリーゼにさせられるわけがないだろう！」

俺が挑発するようにエリーゼの参加を提案すると、アルベリヒ王子たちの顔に憤怒の表情が浮かぶ。

「俺たちの要求は『フィーネにかけられた「殿下たちの命を危険に晒し、エリーゼ・リングシュタット嬢に嫌がらせをした」という噂が悪質なデマであり、アルベリヒ殿下による退学通知は不当であることを認め、彼女に謝罪すること。並びに二度と彼女と彼女の関係者に危害を加えない』というものです。殿下たちの要求は？」

「フィーネ・シュタウト、そしてアッシュ・レーベン！　貴様らのようなクズは視界の片隅にも入れたくない！　僕たちの要求は貴様らをこの国から追放し、二度とこの国土をまたがせないことだ！」

つまりこいつらの要求は、俺たちを学院どころかこのラクレシア王国からも永久に追放するというものか。

「ならその条件でやり合うとしましょうか」

「良いんだな？　負けて泣きついてきても、僕たちは貴様らを容赦なくこの国から叩き出すぞ？」

「ええ、構いませんよ。フィーネもそれで構わないよな？」

「はい。元より負ける気はありませんから」

そのフィーネの言葉に最も露骨に反応したのは、アルベリヒ王子の影に隠れていたエリーゼだった。

彼女は爪を噛《か》みながら小声で「せっかくここまでうまくやってこられたのに……」と恨み節を垂れている。

まあ彼女には、この後もっと強い屈辱を味わってもらう予定なのだが。

「せめてもの情けだ。決闘の日時くらいは貴様らの意見も考慮してやろう。無論卒業式まで引き伸ばすなどという真似《まね》は許さんがな」

「一週間後、それでどうでしょうか？」

「……いいだろう。ならば一週間後、学院のコロシアムで貴様らを完膚なきまでに叩きのめしてくれる」

そう返事をすると、アルベリヒは鼻を鳴らして攻略対象とエリーゼを引き連れ校舎へ向かう。

そして俺も呆然《ぼうぜん》としている野次馬を置き去りにして、フィーネと共に王立魔法学院の正門を堂々と潜ったのだった。


「おいおいおい、アッシュ！ お前本気かよ⁉」

一週間の休学申請の手続きを済ませて職員室から出ると、イアンが心底焦った様子で俺に詰め寄ってきた。

「あー、それは決闘のことを言ってるのか？」

「それ以外ねえだろ！ あの四騎士様に本気で勝てると思ってるのか⁉ というか何であそこでフィーネ嬢の味方なんかしたんだよ⁉」

イアンの大声は必然、俺から距離を取っていた周囲の生徒の耳にも届き、彼らの視線は一斉にこちらへ向けられる。

まあ俺が彼らの立場だったら多分同じことをしていただろうから、それについては気にしないでおく。

「まずは絶対に勝てると思ったから手を上げた。俺は負けると分かってる試合をするつもりはないからな」

　その言葉に一部の下級貴族が「おおっ！」と声を上げ、別の下級貴族は「バカなことを言っている」と軽蔑の視線をぶつけてくる。

「あのなあ、授業で一緒になったことがないから分からないだろうけど、アルベリヒ殿下も他の三人も近衛騎士や宮廷魔術師が一目置く天才なんだぞ!?　そりゃお前も十分強い方だけど、あの方々に比べたら――」

「その話は知ってるよ。そしてその上で絶対に勝てると確信して、俺は決闘に参加することにしたんだ」

「っ、じゃあ何でフィーネ嬢の味方をしたんだ!?　あの娘のこの学院での立場は知ってるんだろう!?」

　……ふむ、これに関してはどう答えればいいのだろうか。

　フィーネ嬢がアルベリヒ殿下から受けた脅迫を告白するタイミングも今じゃない。

「単純に興味があるから、かな？」

「お、おい。それってお前――」

「悪い、時間がないから細かい話は決闘が終わってから話すよ。それと、もしアルベリヒ殿下と俺のどっちが勝つかっていう賭けがあったのなら、俺に賭けるのをオススメしておくよ」

ともかく必要な手続きはすべて済ませた。

後は、この一週間でフィーネの無実を証明できるようにするため猛特訓をするだけだ。

そう考えた俺は、唖然としているイアンを置いて屋敷に帰り、「とあるアイテム」を回収するため、約束した通りフィーネとの合流地点であり、王都に最も近いところにあるダンジョン『見《み》張《は》り砦跡《とりであと》地《ち》』へと向かった。

第四章　ダンジョンの奥底より

ダンジョン『見張《みは》り砦跡地《とりであとち》』。

ストーリー中盤に解禁される地下二十層から構成されるこのダンジョンは、他のダンジョンと比べて経験値を蓄えたモンスターが多く出現することから、多くのプレイヤーがゲーム攻略に詰まった時にここに籠《こ》もって、フィーネたちのレベルを上げるために利用したものだ。

「はぁっ！」

（にしてもまさかそれを現実ですることになるとはね……）

貸した剣でフィーネが出現したモンスターを一撃で倒す様子を見て、俺はしみじみとそう思いながら時計で現在時刻を確認する。

「フィーネ、レベルはいくつになった？」

「待ってください。えっと……レベル三十四です」

フィーネは自分のステータスを確認するとやや残念そうに答える。

このダンジョンに潜る前、俺はフィーネに「最低でもレベル三十代半ば、万全を期すならレベル四十まで上げたい」と伝えた。

そして今日でダンジョンに潜って五日目。

叶《かな》うならレベル四十以上に上げておきたかったが、安全面を最大限に考慮して朝から夕方までの間、地上付近の階層でのみモンスターを倒してレベルを上げるという方法でここまで到達したのなら、むしろ十分だと考えるべきだろう。

「あの、改めてお聞きしますけど、わたしなんかがこの剣を使って本当に良かったんですか……？　攻撃力も、モンスターを倒した時にボーナスで加算される経験値も尋常じゃないですし、とんでもない業物《わざもの》なんじゃ……」

「初日にも言ったけど、そんな大層なものじゃないから気にしなくていいよ。もし壊れたとしてもまた取ってくればいいだけだし」

『キズヨル』の王都地下には、本来二週目以降でしか解禁されない『秘匿領域』と呼ばれる高難度ダンジョンがある。

そこには、見た目こそ雑魚敵だがステータスはラスボスを凌駕《りょうが》する化け物が闊歩《かっぽ》していて、一定時間モンスターとのエンカウント率をゼロにする『魔物避《まものよ》けの護符《ごふ》』がなければ、一分と生きていられないような魔境だ。

一方でここは宝の山でもあり、高値で換金できる治癒アイテム『グレートポーション』

や、シナリオ内で入手できる武器よりも数段上のスペックの強力武器が、ランダム出現の宝箱に入っていて、そしてそれは何度でも入手することができる。

そして今、フィーネが二刀流で戦うために装備している片手剣も、一見すると武器屋で安値で売られていそうなものに見えるが、秘匿領域で入手できる武器の一つで、攻略サイトにてレベルカンストのための必須装備とまで言われた、獲得経験値が急上昇する特殊効果が付与された特殊装備だ。

俺は『魔物避けの護符』を大量に購入して幼い頃から『秘匿領域』に潜ってレアなアイテムや武器を回収し、不要なものは即換金して資産にし、使えそうな武器は手元に置いておいて近場のダンジョンでのレベル上げに使用し、そしてまた『秘匿領域』に潜ってアイテム収拾をするといったことを繰り返してきた。そのおかげでフィーネが持っている武器は、屋敷の倉庫に同じものが一ダースほど予備として保管されている。

なのでここであの剣を壊されても問題ないし、仮にもし予備をすべて潰されるというような事態になっても、また『秘匿領域』に取りにいけばいいだけだ。

「何か言いましたか？」

「いや何も。それよりもう日が暮れるから外に出よう」

このダンジョンに出没するモンスターの一部は、夜間のみステータスが向上するという特性を持っている。今のレベルのフィーネなら安全マージンは取れているが、それでも暗闇で奇襲を受ければどうなるか分からない。

というわけでいつものように帰還を促したのだが。

「……もう少しここでレベル上げをさせてください」

フィーネはそう言ってレベリングの継続を主張してきたのだ。

「初日に説明しただろう。このダンジョンには――」

「それは、分かっています。でももっと力をつけないと――」

フィーネは焦燥感に駆られた様子で俺にレベル上げを続けたいと訴えてくる。

しかし俺の返事は変わらない。

「駄目だ。今のその集中力を欠いた状態で戦っていたらどんな事故が起きるか分からない。今日はもう大人しく宿に帰って休んだ方がいい」

「――っ、分かりました。わがままを言ってすみません」

フィーネは渋々といった様子ではあるが剣を鞘《さや》に納めて頭を下げる。どうやらひとまずは説得に応じてくれたようだ。

となれば次にすべきことは、この気味が悪いダンジョンからさっさと出て彼女を宿屋に連れて帰ることだ。

「！　フィーネ、敵だ。それも結構多い」

そうして改めてダンジョンから脱出するため来た道を戻ろうとした時、俺の目はこちらに飛んでくる、単眼でデフォルメされたコウモリのような外見をしたモンスター、ヤミコウモリの群れを捉えた。

奴《やつ》らもまた俺たちに気づいたようで、口を大きく開いて尖《とが》った牙を見せながら加速してこちらに突っ込んでこようとしてくる。

フィーネも疲労している。ここは俺が奴らを仕留めるべきか。そう考えた矢先。

「アッシュさん、あそこに逃げ込むのはどうでしょうか？」

と、そこでフィーネは壁沿いにある窪《くぼ》みを指差す。

あのタイプのモンスターは突進からの吸血攻撃をすることしかできない。であれば、ここはあの窪みに隠れてヤミコウモリたちが通り過ぎていくのを待った方がいいか。

「フィーネ、ちょっと肩を摑《つか》むぞ」

「え、え？」

俺はそう言うと、モンスターが辿《たど》り着《つ》く前に彼女を連れて急いで壁の窪みに隠れる。

『ギギィー！』

ヤミコウモリの群れは俺の思惑通りこちらに気づくことなく通り過ぎていく。

「……あ、あの、アッシュさん。その近すぎるような」

それを見て安堵《あんど》のため息をつくと、フィーネが耳まで真っ赤にしながら呟《つぶや》く。

「わ、悪い！　すぐに出るから！」

そのフィーネの言葉で、彼女に密着していることに気づいた俺は急いで窪みから出ようとした。

しかし通路へ出ようとしたその瞬間、俺たちの足元に魔法陣のようなものが現れる。

魔法陣は急速に回転しながら光の壁を形成し、瞬く間に俺たちを取り囲み――。

「……え？」

――次の瞬間、俺たちはこのダンジョンの最下層と同じ外観をしたフロアに飛ばされていたのだった。


「ご、ごめんなさい！　わたしが余計なことをしたせいで！」

「フィーネが謝るようなことは何もないよ。転移トラップに気づけなかった俺の責任だ」

心の底から申し訳なさそうに謝るフィーネに、俺はそう答えつつ今後の方針を考える。

「ともかくここから動こう。フィーネは後ろに。前衛は俺がやる。それと剣を一本よこしてくれ」

「……はい」

今回のレベリングにおいて、俺が念頭に置いていたのはフィーネの安全だ。

夜遅くまでダンジョンに潜るなんてことはさせず、王都に戻って俺が借りておいた宿屋でしっかりと休んで体力を回復し、気力と集中力が備わった状態でレベル上げをしてもらう。まどろっこしいと思われるだろうが、アルベリヒ王子たちを倒すための準備としてはこれが一番だ。

このことはダンジョンに潜る前、フィーネにも伝えておいたはずなのだが……。

「フィーネ、君はどうしてレベリングを続けたいと言ってきたんだ？」

俺は威圧的にならないよう穏やかな声で彼女に訊《き》く。

「……その、アッシュさんから高価な武器やお金、それに時間まで使わせてしまっているのに、まだこんなレベルなのが申し訳なくて……それにいつまでも後ろに隠れてばかりで貴方に守ってもらってばかりというのは……」

するとフィーネは俯《うつむ》いたまま、そう呟いた。

なるほど、つまり彼女はここまでしてもらっているのにレベルが中途半端なことを気にしているのか。

「フィーネ。俺が自分の資産をどう使おうが俺の勝手だし、それでどんな損失を被ろうがそれは俺の責任だ。君が気にするようなことじゃない」

「……っ、でもわたしは」

「それに……君が怪我《けが》をするところを見るのは何よりも嫌だ。だから無茶なことはしないでくれ」

「！　……はい」

俺の思いがどこまで彼女に通じたのかは正直言って分からない。とりあえず今は、これで無茶な真似《まね》を控えるようになってくれるのを祈るばかりだ。

　さて、モンスターが出てこないことと、このエリアの構造を見るに、やはり俺たちがいるのはダンジョンの最下層、第二十層なのだろう。

　となると地上に帰る最も楽な方法は、ボスを倒して強制転移を引き起こすことか。

『キズヨル』のダンジョンは、ボスを撃破すると一瞬で地上に戻ることができる転移魔法陣が現れる。

　ここから一層の出入り口を目指すよりもそちらを目指した方が時間も掛からず安全だ。

「このダンジョンのボスモンスターがいる部屋には地上に繋《つな》がる転移魔法陣がある。それを使ってここから脱出しよう。前衛は俺がやる。フィーネは余裕があったら後衛から援護してくれ」

「――はい！」

　そうして歩くこと数分、俺たちはボスのいる大部屋の扉の前へ辿《たど》り着《つ》く。

「ここのボスモンスターはガーゴイル。頭がカラスで背中に翼を生やしていて、両手の長い爪と嘴《くちばし》を使った近接攻撃、それから火炎魔法を使った遠距離攻撃をしてくる。とくに爪のひっかき攻撃は威力が高いから注意してくれ」

「ひっかき攻撃が危険……分かりました」

「よし、それじゃ中に入るぞ」

俺はボスについて解説すると大部屋の扉をゆっくりと開く。

そしてその中にはゲームと同じようにガーゴイルの姿が――あ？

「……あの、アッシュさん。あの角を生やした巨人がガーゴイルですか？」

「いや、違う。あいつは――」

『ふん。長く地下に籠もっている獣であれば質の良い魔力を蓄えていると思ったのだがな』

禍々《まがまが》しい鎧《よろい》を着た巨人は摑んでいたガーゴイルの頭部を破裂させると、返り血で染まった顔をこちらに向けて口角を上げる。

『だがお前たちであれば魔王様が求める豊潤な魔力を手に入れられそうだ。その血肉、魔王様のため捧《ささ》げてもらうぞ！』

そう言って巨人騎士――ラストダンジョンに登場する中ボス『魔王騎士』は、俺たちに向けて返り血で真っ赤に染まった斧《おの》を振り下ろした。

「ううっ！」

とっさにフィーネが両手を前に出すと俺たちの周りに半球形状の光の結界が展開され、巨人の斧は跳ね返されてしまう。

「サンキュー、フィーネ。本当に助かったよ」

「気にしないでください。それよりアッシュさん、あのモンスターは……？」

フィーネは目の前のモンスターについての説明を求めるが、俺は返答に窮する。

魔王騎士が弱点らしい弱点のないモンスターというのもあるが、このタイミングで俺がラストダンジョンについて説明したり「魔王」などと口にしたりしたら、間違いなくフィーネは困惑するだろう。

「……詳しいことは分からない。でもあいつは俺たちが倒すつもりだったガーゴイルとは比べものにならないくらい強い、はずだ。フィーネ、君は絶対に俺の前に出ないようにしてくれよ」

『敵を目の前にしながら随分と余裕のあることだな。その慢心、ワシのこの斧でその忌々しい結界ごと砕いてくれよう！』

と、話している間にも、魔王騎士は斧で連打することでフィーネの『聖魔法』によって展開された光の結界を破壊しようとする。

さて、どうしたものか。脱出のためには奴を倒さなくてはいけないのだが、ここで大威力の魔法を使ったら生き埋めになる可能性もある。

せめて攻撃にだけ集中できたら色々と楽に片付けられるんだけど……。

「アッシュさん！　わたしが今から『聖魔法』の加護で強化します。敵の攻撃は結界で防ぎますから、アッシュさんは思い通り攻撃に集中してください！」

と、悩んでいるとフィーネが俺にそう叫ぶ。

どうやら彼女は俺の考えを汲《く》み取《と》ってくれたらしい。そのことに安心感を覚えつつ、俺はフィーネが指示した通りに攻撃にのみ集中する。

『はっ、やけくそになって特攻してきたか！』

魔王騎士は俺たちの行動を鼻で笑うと、火属性魔法で炙《あぶ》ろうとしてくるが……。

「させませんっ！」

しかしその攻撃は俺の正面に展開された六角形の小さな結界によって防がれる。

続けてフィーネは閃光弾《せんこうだん》を発射して魔王騎士の視界を防ぐ。

『ちっ、小癪《こしやく》な真似を……！』

「アッシュさん！　結界を踏み台にして敵にとどめを！」

「分かった！」

俺はフィーネが踏み台代わりに次々と展開した光の結界を使って、ジャンプしながら魔王騎士の頭上に跳び、その体を真っ二つに切り裂く。

『こ、このワシが……、このような小童《こわっぱ》に――!?』

魔王騎士はそんな断末魔の声をあげると、塵《ちり》一つ残さず完全に消滅する。

「はぁ……、はぁ……。や、やったんですよね？」

緊張の糸が切れたのか、フィーネはその場に座り込むと、かつて魔王騎士がいた場所を見ながらそう呟く。

「……ああ。フィーネのおかげでね」

「そ、そんな。わたしは後ろでちょこまかと動いていただけで……」

「フィーネの的確な援護がなければ俺も君も無傷であれを倒すのはできなかったと思う。だからこれはフィーネ、君の立派な戦果だ」

「そ、そうなんでしょうか……」

俺が素直にフィーネを褒めると彼女は照れくさそうにする。

だがこの言葉は紛れもなく事実だ。

よくよく考えてみれば、原作ゲームのフィーネは、聖女というキャラクターとしてのパーティー支援とプレイヤーの分身としてのパーティー全体の指揮、という二つの役割を同時にこなしていた。

それを考えると彼女の能力が真に発揮されるのは、前線で剣を振り回したりする時ではなく、後方で味方を援護するサポーターとして動く時なのだろう。

この能力を決闘で発揮することができれば、聖魔法が生徒たちが言うような邪悪なものではないと証明できるかもしれない。

「と、いつまでも喋《しゃべ》ってるわけにはいかないな。転移魔法が機能しているかどうか確認してくるからフィーネはそこで待っていてくれ」

「お、お願いします……」

俺は疲れが残る体を引きずりながら大部屋の最奥部へと向かい、無傷の宝箱と転移魔法陣を見つける。

それらを確認すると、俺は宝箱を開いて中のお宝を回収すると再びフィーネのもとへ戻った。

「転移魔法陣は無事だった。それとこれはダンジョン突破の報酬だ。受け取ってくれ」

「え、いただいてもいいんですか？」

「MVPはフィーネだからな。ほら遠慮せずに」

「な、なら、受け取らせていただきます……」

そう言って俺は、聖魔法を使う際に消費される魔力が半分になるフィーネ専用アイテム『聖女のタリスマン』を手渡す。

これは元々明日ソロで取りにいく予定だったのだが、まさかこんな形で入手することになるとはな。

そんなことを考えながらフィーネを連れて再び最奥部へと戻ると、俺は転移魔法陣を起動する。

次の瞬間、俺たちの体は日が落ちて真っ暗になったダンジョンの入り口へと転移していた。

「……よし、それじゃあ帰ろうか」

俺が大きく腕を伸ばしてリラックスするとフィーネは無言で頷《うなず》く。

そうして王都に向かって連れだって歩いている間、俺はポツリと口を開いた。

「フィーネ。今の戦闘で思ったんだけど、君は後衛からの支援が一番力を発揮できるような気がする」

「後衛からの支援、ですか？」

「ああ。絶好のタイミングで援護してくれるし、機転も利くし、それに前衛の俺の考えを汲み取ってくれる。これができる人間はそうそういないと思うぜ」

これはお世辞でも何でもない俺の純粋な感想だ。

フィーネは俺が攻撃に集中したいと考えた時、常にその通りにさせてくれた。

これが彼女の持って生まれた才能なのか、はたまたゲームでプレイヤーが直接操作するキャラクターだからできたのかは分からないが、いずれにせよ驚異的な能力には違いない。

「そう、ですか？　わたしとしては無意識でやったことなんですけど」

「無意識でそれができたのならなおさら凄《すご》いよ。なあ、アルベリヒたちとの決闘なんだけど、今回のように後ろから支援してもらえないか？　君のような人に支えてもらえたらとても心強いんだ」

「……ま、任せてください！　アッシュさんのことはわたしが全力でサポートします！」

俺がそう頼むと、フィーネはとても嬉《うれ》しそうな表情を浮かべて右手を自分の胸の上に置く。

……と、そうだ。

「フィーネ、念のためにステータスを確認してもらえるか？　さっきのボスを倒した経験値でレベルが上がってるかもしれないし」

「ステータスですか？　ええと、ちょっと待ってください。今のわたしのレベルは……四十一!?」

武器の経験値上昇効果もあるだろうが、どうやらあの魔王騎士は相当な量の経験値を蓄えていたらしい。

となればこれ以上レベルを上げておく必要はないだろう。

「おめでとう、フィーネ。これで目標達成だ」

「あ、ありがとうございます！　それでアッシュさん、明日はどんな目標を立ててダンジョンに潜るんですか!?」

勢いづいたフィーネは聖女のタリスマンを装備しながら俺に明日の予定を訊いてくる。

「いいや。明日はダンジョンには潜らない」

「でしたら対人戦の特訓を？」

「それもしない」

「あの、だったら何をするんですか……？」

徐々に不安げになっていくフィーネに俺は堂々とこう返した。

「明日は一旦決闘のことを忘れて何もせず全力で休む。それがこの特訓の総仕上げだ」

「……はい？」

※　※　※

決闘当日の朝、待ち合わせ場所にした王都中央の噴水広場で、俺は今回の決闘用に貸し出した杖《つえ》を抱えてベンチに座るフィーネの姿を確認すると、彼女のもとへ駆け寄る。

「おはよう、フィーネ。昨日はゆっくり休めたか？」

「……体は休まりましたけど本当にビックリしましたよ。何ですか！　ラグジュエルホテルのロイヤルスイートルームで好きに過ごせって！」

俺が特訓の最終日に彼女に与えた課題、それは最高級ホテルで何もせず休めというものだった。

ラグジュエルホテルは『キズヨル』のデートイベントなどで泊まることができるラクレシア王国一の最高級ホテルだ。その豪華さは大貴族でも引いてしまうほどで、宿泊客が何も言わなくてもコンシェルジュが要望を叶えてくれることから『気づけば喋り方を忘れてしまうほどの極楽浄土』との異名を持っている。

「まあ、リフレッシュはできましたけど……」

「そいつはよかった」

またこのホテルに泊まると翌日のステータスに大幅なバフがかかるため、裏ボスとの戦闘前にはここで一泊するというのが廃人勢の間では常識だった。

そうでなくても、王立魔法学院や決闘とは関係のない場所でゆっくり休んだだけでも意味はあるだろう。

「……それで今日の決闘は一体どんな作戦で行くんですか」

「君の好きなように戦ってくれ。指示も遠慮せずガンガン出してほしい。フィーネの思う通り動いてみせるよ」

「ほ、本気で言ってますか？」

「君はあの未知のモンスター相手に冷静に、それでいて的確な指示を出して戦いをコントロールしてみせたじゃないか。俺はフィーネの才能を信じるよ」

そう言って俺はフィーネの頭を撫《な》でる。

彼女は恥ずかしそうにしながらもそれを受け入れ、「分かりました」と答えた。

それから俺たちは互いに手を繋いで決戦の場、王立魔法学院コロシアムへと向かう。

この一週間でできる準備はすべて済ませてきた。負けるつもりはない。

「勝つぞ」

「ええ」

第五章　決闘

「エリーゼ、心配する必要はない。僕たちはあの不届き者に正義の鉄槌《てっつい》を下してくる。君はこの貴賓室で奴《やつ》らが無様に泣きわめくさまを見届ければいいんだ」

「あいつらに金や権力では買えないものがあると、オレらが叩《たた》き込《こ》んできてやるよ」

「彼らは総合実力試験で一度も上位に食い込んだことがない。私たちが負ける可能性などどこにもない」

「入手した切り札を使うまでもない。我々は必ず勝ってみせる」

王立魔法学院コロシアム。その最上部に設置された貴賓室でアルベリヒたちはあたし、エリーゼ・リングシュタットにそう言うとコロシアム中央の闘技場へと向かう。

「ええ、貴方《あなた》たちの勝利を信じているわ。必ず勝ってくださいね」

あたしは笑顔を浮かべて手を振りながら彼らを見送り、このＶＩＰルームが一人だけになったのを確認してから、拳を握り直して室内にあるソファーに勢いよく叩きつけた。

「……あのクソガキ、余計なことをしてくれたわね！」

そのあたしには前世の記憶がある。

そしてこの世界が、前世に触れたことがある乙女ゲーム『絆《きずな》の魔法と聖なる夜会』そのもので、さらには自分が原作に介入できる立場だと分かってからは、昔このゲームを遊んだ時のことを何とか思い出しながらまぬけな主人公たちを利用させてもらい、逆ハーレムエンド達成目前というところまで来た。

あとは邪魔な元ヒロインを追い出して正真正銘あたしが主人公になるだけ、のはずだったのに……！

「何なのよ、あのアッシュ・レーベンって奴は！」

学食で最初に会った時はただのモブでしかなかったのに、次に会った時には腹立つことにあたしたちに喧嘩《けんか》を売ってきた上、元ヒロインの追放を邪魔してきた。

……この決闘にアルベリヒが負けるとは思っていない。相手は所詮モブと経験値を得られなかった雑魚ヒロインなのだから。

だけどあいつがでしゃばってきたせいで、あたしのハッピーエンドは一週間も先延ばしにされた。それが何よりも腹立たしい！

単に決闘に勝つだけじゃダメよ。あいつらの尊厳だけでなく何もかも徹底的に破壊しつくしてもらわないと……！

あたしは用意されていたガラスコップの水を一気飲みすると、苛《いら》つきながらソファーに座った。

『ガチャ』

「っ⁉」

その時、突然扉が開く音が聞こえてくる。その音を聞いてあたしが急いで姿勢を正すと、執事を連れた鳶色《とびいろ》の髪の男が特等室に入ってきた。

「ほお、お前さんがアルベリヒがお熱のお嬢ちゃんか。なるほど、なるほどな」

現れたそいつは遠慮することなくあたしを見定めるようにじろじろ見ると、納得したように頷《うなず》きながら隣の席に座ってきた。

顔は見覚えがあるような、ないような……。どちらにしろ失礼極まりない男であることは変わらない。

「……あの。あたし、今日はこの部屋は貸し切りだとアルベリヒ殿下から伺っているのですが……」

「許可は貰《もら》っているさ。それに俺はこれでも妻も子もいるのでな。お前さんには決して手出しはしないから安心しろ」

アルベリヒから許可を貰っている……？　ということはこの男は王族なのかしら？

どちらにせよ無理やり立ち退いてもらうことはできなそうね。こいつも後ろで控えてる執事も何か強そうだし。

「俺の体なら幾らでも観察してくれていいが、それよりお前さんの大事な大事な婚約者を応援しなくてもいいのか？」

「っ、言われずとも応援していますよ！」

「ならいいんだが」

少し喋《しゃべ》っただけで分かった。あたしはこの男のことが嫌いだ。

でもアルベリヒと付き合っていくとなると、こいつとも仲良くしなくちゃいけないのよね。

正直今すぐため息をつきたいところだけど、必死にそれを我慢する。

(早くあいつらをボコボコにしてよ。アルベリヒ……)

あたしはそう願いながら闘技場へと視線を向けた。

※　※　※

「おお、凄《すご》い数の人が集まってるな……」

王立魔法学院コロシアムの観客席は学院の生徒や教師、それに加えて学院外の貴族や騎士と思われる人間などで埋め尽くされていた。

恐らく決闘前日辺りに、『あの第二王子にレーベン準男爵家という知名度が欠片《かけら》もない家の次男坊が喧嘩を吹っ掛けた』という見出しの記事が出たことで、興味を持つ人間が増えたからだろうが、それにしてもここまで人が集まるとは思わなかったなあ。

だがこれは俺にとって非常に都合がいい。ギャラリーが多ければ多いほど、この決闘の結果を学院の生徒に知ってもらえるからな。

そんなことを考えながら審判が立つ闘技場の中央へと歩いていくと、遅れてアルベリヒたちが不愉快そうにこちらへ向かってくる。

「アッシュ・レーベン。貴様は〝絶対に勝つ〟などと大言壮語を吐いたらしいな。その言葉の意味を理解しているのか⁉」

「ええまあ、ある程度は。でも撤回はしませんよ」

「つ、我らのこの装備を見てもなおそんなことが言えるのか⁉」

あ、良く見るとアルベリヒたちの装備が魔王討伐直前で貰える装備に変わってるな。

でもまあ。

「ええ、相当の業物《わざもの》を持ち出してきたようですけれど、それでもフィーネがいるから〝絶対に勝てる〟と断言できますよ」

その事実が変わることはない。俺がそう断言するとアルベリヒ王子たちの顔は怒りで真っ赤に染まっていく。

「そっ、それでは決闘のルールを確認する。決着はどちらかが降参するか、わたしが試合続行不能と判断した場合のみ。そして決闘方式は二対二のペア戦で途中休憩を挟みつつ先に三勝を上げた方が――」

「いや、こいつは絶対に勝つと言ってのけたのだ。我ら全員でかかっても問題ないだろう？」

「フィーネ、どうする？」

「はい。大丈夫ですよ。わたしたちはそんなことでは負けませんから」

流石《さすが》に耐えられなくなったのか、このピリピリした空気を変えようと、審判役であり剣術演習の教師も兼ねている女騎士が若干涙目になりながら決闘のルールを説明し始めるが、アルベリヒたちにより勝手に新たなルールが追加される。

しかし俺たちは臆することなくアルベリヒたちのわがままを、〝全員まとめて相手してやる〟と受け入れた。

「おい、まじかよ……」

「あいつどれだけ馬鹿なんだ？」

「いやでも、あそこまで自信満々に言うってことは何か勝算が……」

俺たちの宣言を受けてギャラリーはあれこれ考察し始める。

一方のアルベリヒ王子たちは怒りが限界に達したのか、審判の開始の宣言を待たず各々の得物を構えだした。

「でっ、殿下！　まだ開始の宣言をしておりません！　どうかお待ちを！」

「ならば今すぐ宣言をしろ！」

「は、はいぃっ！」

どういう経緯で今回の決闘の審判役なんてすることになったのかは分からないが、この人には本当に申し訳ないことをしてしまったなと思う。

……あとで菓子折りを持って詫《わ》びに行くか。

「アルベリヒ、まずはオレだけで行かせてくれ。あんな屑《くず》野郎、あの切り札を使うまでもねえ」

「……分かった。僕たちを舐《な》めた報いを受けさせてくれ、ユージーン」

一番槍《やり》として出てきたのはゲームでも槍使いだったユージーン、そしてその手に構えているのは彼の家に代々伝わる名槍《めいそう》『ゲイボルグ』だ。

「てめえには言いたいことが山ほどある。だがまずはその舐め腐った態度を叩き直してやるよ！」

そう言って彼は勢いをつけて走り出すと、明確な殺意を持って俺に槍を突き刺そうとしてきた。

「さて、フィーネはどうする？」

「……わたしが防御魔法で攻撃を受け止めます。アッシュさんは相手の攻撃を観察して、チャンスを見つけたら攻勢に出てください」

「分かった」

小声でフィーネに聞くと、彼女は即座に対策を思いつき俺に告げる。

続いて俺たちの周りに半球状の光の粒子からなる結界が発生し、ユージーンの攻撃は跳ね返されてしまう。

「ちっ、小癪《こしゃく》なことを……！」

ユージーンは懲りずに攻撃を再開するが、光の結界は構成する粒子を削《そ》がれながらも維持されたままだ。

（……ここだな）

俺はフィーネにアイコンタクトを送ると、ユージーンの攻撃が跳ね返されたタイミングを狙いゲイボルグの柄を摑《つか》む。

「ぐっ、があああああ！」

そして俺はゲイボルグを利用して背負い投げのようにユージーンを地面に叩きつける。

「この卑怯《ひきょう》――ぐあっ⁉」

当然それは一度で終わったりしない。

俺は何度も何度もユージーンを地面に叩きつけ、確実にダメージを与えていく。

「ユージーン！」

「アルベリヒ、抑えてくれ。ここはわたしが行く！」

そうしていると、デイヴィットが短剣を携えてユージーンを解放するために俺に攻撃してくる。

「させませんっ！」

フィーネは俺とデイヴィットの間に飛び出すと、光の結界を再度展開して攻撃を防ぐ。

「助かったぜ、フィーネ」

「いえ、それよりも――」

「大丈夫。こっちならもうすぐ終わるから安心してくれ」

その言葉通り、ゲイボルグは中心部からポッキリと折れてしまい、ユージーンは勢いよく顔から地面に叩きつけられる。

「ユージーン！」

「あ、ああ……！　俺の、俺のゲイボルグが！」

デイヴィットはユージーンに声をかけるが、彼は涙と鼻血を流しながら使い物にならなくなった家宝を前に戦意を喪失し、情けない声をあげることしかできなくなっていた。

「お仲間のことは大事なんだろうが隙だらけだぜ」

「ぐふっ⁉」

俺はユージーンに気を取られたデイヴィットの脇腹に一撃を浴びせて、光の結界を展開しているフィーネから引き剝がす。

「フィーネ！　攻撃の加護を！」

「分かりました！」

俺が右手を掲げるとフィーネは聖魔法による身体強化をかける。そして俺は一息で必死に立ち上がろうとするデイヴィットの懐に飛び込み、鳩尾《みぞおち》に拳を叩き込む。

「がは……！」

デイヴィットは激痛によろめき短剣を手放す。

――さらにもう一撃を入れておくべきか？

奴の反応と表情を見てそう考えた矢先、フィーネの指示が飛ぶ。

「アッシュさん、そこから離れてください！」

それを聞いてすかさずデイヴィットから離れると、ユージーンたちを守るように地面からゴーレムが出現する。

「アルベリヒ！　あれを抜く準備をしておけ！　認めたくないことだが、こいつらただ者じゃない！」

そしてそのゴーレムの上に浮遊魔法により飛んできたレコンが着地すると、アルベリヒに向かって叫ぶ。

アルベリヒは一瞬躊躇《ちゆうちよ》するが、レコンの真剣な表情を見て何かを決意すると、腰の鞘《さや》に手をかける。

何だ？　アルベリヒたちは一体何をしようとしているんだ？

「ゲスども、貴様らの相手はこの私だ！」

奴らの行動の背景について考えようとしたが、それを妨害するようにゴーレムの拳が俺を目掛けて振り下ろされる。

「貴様のような卑怯者に私は負けない！　『ファイアーボール』！」

俺は後方にジャンプしてゴーレムの攻撃を回避するが、その隙を逃すことなくレコンが魔法で攻撃してきた。

レコンが放った初級火属性魔法『ファイアーボール』は、彼が持つシナリオ終盤装備の魔法攻撃力向上効果も加わり、中級かそれ以上の威力のある魔法となっている。

それに加えてレコンのＭＰは多く、魔法を使う際に必要なＭＰ量は少ない。つまりあのレベルの攻撃が連発されてくるというわけだ。面倒くさいな。

「アッシュさん、あのゴーレムを無力化できますか？」

そこへフィーネが駆け寄ってきて俺に訊《き》いてくる。

ゴーレムの無力化……。たしかゲームだとゴーレムのステータスは使役者の能力の半分だったな。

「多分できる」

「でしたらお願いします。あのゴーレムから彼を引きずり下ろしてください。その後はわたしが何とかします」

「分かった。まずは足元を崩そうと思う。攻撃支援を頼む」

「分かりました！」

俺はフィーネに支援を頼むと、フィーネから返してもらった秘匿領域産の剣を抜きレコンが放ってきた魔法に対して構え、そして——。

(『アクアスプラッシュ』)

「なっ……、魔法を斬っただと……？」

水属性の魔法攻撃が含まれる中級魔法剣術『アクアスプラッシュ』で『ファイアーボール』を真っ二つに切り裂く。

『キズヨル』には属性相性が存在し、火属性は水属性に弱い。そして魔法は、相手が使ってきたもの以上の強さの魔法を発動して抵抗すると、打ち消すことが可能となっている。

しかしゲームでは、敵の攻撃魔法に対して防御カテゴリーの魔法を使った場合にのみ発動するので、攻撃魔法で同じことができるとは思っていなかった。

そんな俺の考えが変わったのは、以前レベル上げをしている際にハーピーの群れと出くわし、そいつらが風属性の魔法攻撃を放ったのと俺がたまたま上位の火属性の魔法剣術を放ったのが同時だったために、打ち消しが起こった時だ。その現象から着想を得た俺は、何度か検証を試みたことでこれが再現性のあるものだと判断し、それから特訓を重ねてこうして一つの技として習得したというわけである。

さらに今の俺には、フィーネの聖魔法という作中最強クラスの物理・魔法攻撃力増強バフがある。これで打ち消せないのは裏ボス限定の貫通効果付きの魔法くらいだ。

「そ、そんな……。私の魔法が……！」

レコンは自分の魔法が、一見するとただの剣の一振りで消されたことに動揺している。

俺がその隙をついてレコンが乗っているゴーレムの懐に入り、その関節部に連撃を加えると、相手は姿勢を崩して大きくよろめく。

やはりゲームと同じように、こいつは一見頑丈そうに見えて脆《もろ》い。

俺は力を込めて大きくゴーレムの脚部を水平に切りつける。

するとゴーレムの足は、プラモデルのパーツを切り離すようにパチッと音を立てて呆気《あつけ》なく切れ、上半身はレコンごと地面にうつ伏せに激突した。

「クソ……！　こんな卑怯者のゲスに私が……！」

「貴方にはもう何もさせませんよ」

レコンは諦めず立ち上がろうとするが、フィーネの聖魔法である光の鎖による拘束で身動きを完全に封じられる。

いや、レコンだけじゃない。戦意を喪失しているユージーンやデイヴィットもまた体の自由を奪われていた。

「やるな、フィーネ」

「すべてアッシュさんが手助けしてくれたおかげですよ。そしてこれで……」

四対二、しかも片方は四騎士と称される学院トップクラスの生徒たち。きっとこのコロシアムに集まった観客の誰もがアルベリヒたちの勝利を疑わなかっただろう。

しかし彼らの目の前に広がっているのは、四騎士の内三人が完全に無力化されてしまっているという衝撃的な光景だった。

「……う、嘘《うそ》だろ。グライム様たちがこんなことに――」

「あいつら、どんなイカサマをしやがったんだ⁉」

「おいこれ、マジで勝っちゃうんじゃねえか……？」

「だとしたらとんでもない大快挙だぞ！」

ギャラリーの反応は概《おおむ》ね二通り。この結果にショックを受けている者と、興奮している者だ。

前者の反応は〝袖持ち〟が多いが、後者の反応は〝袖なし〟が多い。まあ〝袖なし〟は〝袖持ち〟に見下されたり蔑まれたりすることが多いから、こうなるのも仕方ないか。

それと同時にギャラリーの反応は俺たちの勝利を半ば確信していた。

だからこそ、このコロシアムの雰囲気はアルベリヒにとって相当不愉快なものだっただろう。俺はそう考えていたのだが……。

「ありがとう。お前たちが時間を稼いでくれたからこの剣を使うことができる」

アルベリヒは感謝の言葉を述べながら、剣が鞘に収まったまま決闘場に上がると俺たちに相対する。

その鞘には鎖のようなものが巻き付いており、まるで封印か何かが施されているようだった。

「これはまた、ずいぶんと奇妙なものを持ち込まれましたね」

「ああ、こいつを解放するには王家の人間が一定時間魔力を込める必要があるからな。だがその時間はユージーンたちが稼いでくれた」

……解放するのに魔力を込める必要がある武器？

そんなものゲームに存在しなかったはず――。

……いや、いやいや待て待て。まさかアレを持ち出してきたのか⁉

『キズヨル』には一つだけ、その前提条件が必要となるイベント専用武器がある。

だがそれはたとえ王族でも、いや王族だからこそこんな決闘ごときに持ち出していいはずのものではない。

特にゲームが現実となったこの世界では。

してしまう。

「頼むから外れてくれ！」と俺は心の中で懇願したのだが、最悪なことにその予想は的中
「お、おい。あれって……」

「嘘でしょ？　なんでこんな試合に――」

「おい！　警備担当にすぐ連絡を！」

アルベリヒがその剣を完全に鞘から抜くと、コロシアムで観客席に座っていた学院の教師と来賓、特に騎士や聖女神教会の関係者は悲鳴や困惑の声を上げた。

柄には白と金の装飾が施され、透明に近い刃からは薄い桃色の光を放ち、鍔《つば》に翡翠色《ひすいいろ》のクリスタルがはめ込まれた一振りの剣。

この国の建国伝説によれば初代国王にして最初の勇者が振るい、以後は王位継承の証《あかし》として王位継承者とごく一部の警備担当者しかその所在を知らされることがなかった宝剣。

そして『キズヨル』の逆ハーレムルートのラスボス戦直前で、数百年前、初代国王である勇者の想《おも》い人だった初代『光の聖女』が、その身を犠牲にして武器へと変じたという悲劇を明かされると共に、フィーネたちに貸し出されることになるイベント専用アイテムであり、ラスボスを倒すことができる唯一の剣。

王家屈指の秘宝である『光の宝剣クリア』が、建国以後、王位継承の儀を除いて初めて大勢の人間の前に姿を現したのだった。

※　※　※

「くははは！　勇者アーロン！　あれほど意気込んでおいてその程度とはな！」

「く、くそぉ……！」

勇者と光の聖女、そして彼らを支える仲間たち。艱難辛苦《かんなんしんく》を乗り越えてついに魔王城の玉座に辿《たど》り着いた彼らだったが、激戦に次ぐ激戦は確実にその体力や魔力、精神力を奪っており、魔王が放つ凶悪な攻撃を前についに膝を屈してしまった。

そしてそれを見て魔王は口角を上げる。

「勇者アーロン、もし貴様が負けを認めるのであればこの世界の人間の生存を許してやろうではないか。もちろんすべて余の奴隷、いや玩具《おもちゃ》としてだがな」

「だっ、誰がそんな言葉を受け入れるものか……！」

「ふははは！　そのボロボロの姿で息巻いても滑稽でしかないわ！」

勇者アーロンは気力を振り絞って立ち上がるが、その体は傷だらけで鎧《よろい》も砕け、剣は真っ二つに折れてしまっている。

そんな状態で余力を残した魔王を倒すことなど、よほどの奇跡が起こらない限りあり得ないだろう。

「アーロン様……」

それでも愛する者を守るため魔王の前に立つアーロンの姿に、『光の聖女』クリアの頬《ほお》に一粒の涙が流れた。

そして何か覚悟を決めたような表情を浮かべると女神の杖《つえ》を支えに立ち上がり、よろめきながらアーロンのもとへ近付く。

「く、クリア……！　こっちに来ちゃ駄目だっ……！」

「アーロン様……。わたしは、貴方にたくさんのことを教えていただきました。貴方の隣で多くの幸せを得ました。辛いこと、苦しいこともありましたが、それでもわたしは貴方と出会えて、愛し合うことができて、本当に幸せでございました」

「クリア……？　一体何を言っているんだ？　それじゃまるで別れの挨拶――」

アーロンはクリアの言葉が理解できないのか、いや理解したくないのか、震えながら聞き返す。

それにクリアは穏やかな笑みだけを返すと、ポケットから神秘的な輝きを放つ拳大の大きさのクリスタルを取り出した。

それは魔王城に向けて出立する前、『聖女神メーア』より授けられた神具。その効果はあらゆる物体を武具へと変えることができるというもの。そしてその性能は持ち主の想いの強さによって大きく変わるという神託も授かっている。

「わたしには、もう魔力が殆《ほとん》ど残っていません。このままではアーロン様の邪魔となるだけでしょう。ですから――」

「待て、待つんじゃや、クリア！」

「クリアちゃん！　そんなことしちゃダメ！」

「やだ……。やだよ、クリア姉ちゃんっ！」

　クリアがその神具を両手で優しく包み込むと彼女の周囲に光の奔流が発生した。

　その光に魔王が怯《ひる》む中、アーロンとクリアと共に旅をしてきた仲間たちは、必死に彼女が行おうとする行為を止めようと試みる。

　だがクリアは彼らに対し「ごめんなさい」とだけ呟《つぶや》き、そしてまたアーロンへと振り向く。

「勝ってください。わたしと貴方が共に生き、愛し合ったこの世界を守るために」

「クリ――」

　アーロンが名前を呼び、クリアの体に触れようとしたその瞬間、少女の華奢《きゃしゃ》な体は一振りの剣へと変化する。

　クリアの髪の色と同じ薄い桃色の光を刀身から放ち、彼女の目と同じ翡翠色のクリスタルが鍔にはめ込まれ、彼女が着ていた聖女の服と同じ白と金の装飾が柄に施されたやや透明の刃を持つ剣。

アーロンは宙に浮かぶそれを両手で優しく受け止めると、その目から大粒の涙をこぼした。

「ぐうっ、小癪な真似《まね》を……！　だが所詮は小娘の悪あがき！　この魔王の敵ではないわ！」

魔王は自信満々にそう宣言すると、彼らを一撃で全滅寸前へと追いやった大魔法を発動しようとする。

しかしそれらはすべてアーロンにとってはどうでもいいことだった。

「『ダークネ——なに？』」

「失《う》せろ。もう二度とその面を見せるな」

アーロンが光の聖女クリアだった剣を振るうと、魔王は一瞬で一刀両断される。

これにて人間の世界は魔王から救われた。

だがそこに勝利の喜びはなく、あるのは喪失感だけで……。

「うああああああっ!!!」

魔王城の玉座に勇者アーロンの慟哭《どうこく》が響く。

それと同時に、一時間はあっただろう迫力あるフルボイスムービーは終了し、いつもの『キズヨル』の画面へ戻る。

画面上では国王が最初の勇者アーロンと光の聖女クリアの悲劇を語り終え、『光の宝剣クリア』が収められた鞘を丁重に抱えながら、本当に魔王との戦いに挑むのかという選択肢を提示していた。

しかし当時の俺のメンタルはそれ以上ゲームをプレイし続けられるような状態ではなく、セーブをしてゲームを終えると、そのままゲーミングチェアにもたれかかる。

バッドエンドよりも悲惨なバッドエンド、それも最推しキャラであるクリアの最期を逆ハーレムルートで見せつけられるという、予想外の不意打ちで大ダメージを負った俺は、ポツリと呟く。

「……やっぱこのゲーム作った奴が本当に作りたかったのは鬱ゲーだろ」

逆ハーレムルートでは、最初の勇者と光の聖女とその仲間たちの物語が何度かムービーで挿入され、感情移入させる作りとなっていただけに、このバッドエンドは相当くるものがあった。

というかフルボイス、アニメーション付き、最初は和やかなストーリーで始まりつつ、終盤の叩き込み、そして武器化のクリスタルの登場は、明らかにプレイヤーの心を折ることを狙ったものだ。

後にSNSや掲示板で調べてみると「キャラクター的には一番すっきりするラストは逆ハーレムエンドだけど、プレイヤーを一番曇らせるエンドも逆ハーレムエンドだ」という意見は多かった。

しかし「いやバッドエンドの方が遙《はる》かにきつかった」という反論も多々あり、多分どっちが辛いかはプレイヤーの主観によるものだなと実感させられたものだ。

とにもかくにも確実に言えるのは、最後の過去回想ムービーを閲覧し終えた前世の俺は、一番の推しキャラとなっていたクリアの衝撃的な末路に一時間近く放心させられる羽目になったのだった。

そして——。

※　※　※

「さあ、見るがいい！　下賤《げせん》な底辺貴族と下等な平民よ！　これこそ王家に代々受け継がれる伝説の武器、『光の宝剣クリア』だ！　どうだ⁉　あまりの神々しさに言葉も出ないだろう⁉」

アルベリヒは宝剣クリアをただの強い武器、否《いや》、道具として俺たちに見せつけている。

この世界はゲームではない、現実だ。

そしてそれはアーロンやクリアの戦いがおとぎ話などの創作ではなく、事実として存在していたことを意味する。

そんな彼らの覚悟の結晶であるあの剣を、アルベリヒは俺たちを貶《おとし》めるためだけに使おうとしていた。

奴らの愚行を許すな。彼らの名誉を汚すな。倒せ、倒せ、倒せ！

そんな考えが、いや憎悪が突然心の奥底から沸き上がり、瞬く間に俺の思考回路を染め上げていく。

「……フィーネ、悪いけど限界まで防御支援を全盛りで頼む」

「はっ、はい！　分かりました！」

相当酷《ひど》い表情を浮かべていたのだろう。

フィーネは一瞬怯《おび》えた表情になり、返事をする。

彼女を不安にさせ、さらには怯えさせてしまったのは申し訳ないが、今の俺にはそれをフォローできる余裕がなくなっていた。

今、俺の心で最も大きく沸き立つ感情。

それは『クリア』をぞんざいに扱いフィーネを貶めようとしているこの大馬鹿野郎を、どのようにしてぶちのめすかという怒りの感情だった。

「いくらその気持ち悪い魔法を使っても無駄だ！　エリーゼに教えてもらい手に入れたこの宝剣に敵《かな》う者など存在しない！」

聖魔法でバフを掛けられた俺にアルベリヒはそう断言すると、『光の宝剣クリア』を構える。

　対して俺は目をつむって深呼吸をすると、手に持っていた秘匿領域産の剣を手放す。

「ア、アッシュさん……？」

「ふん、愚か者の貴様でもこの剣を相手にすることが何を意味するか分かったか。さあ泣いて喚《わめ》け！　まあ今さら何をしようが許してやるつもりは――」

　アルベリヒは何か言っているようだが奴の戯言《たわごと》はすべて無視して、宝剣クリアの刃が傷つかないよう右手で掴みながら、左手を握って奴の無防備な腹に拳を突き刺した。

「かはっ……き、貴様……！」

　攻撃を受けたアルベリヒは痛みに悶《もだ》えながらも宝剣クリアを俺に振り下ろそうとする。

　しかし宝剣クリアはフィーネの加護で防御力が増した俺の手から離れることはなく、それに伴い剣を握りしめているアルベリヒはその場から動けずにいた。

　続いて俺は片方の手で、何度も何度も目の前の大馬鹿野郎の顔面を殴り付ける。

「ひっ、くそ、くそっ！　何だよ……！　何なんだよ、お前!?」

　アルベリヒは、初めこそ痛みと怒りで顔を歪《ゆが》めながら宝剣を振り回そうとしていたが、剣は俺の右手に握られたままで全く動かない。

　そしてその間も自分を殴り続ける俺を見て、アルベリヒ王子はまるで化け物か何かを見たかのように青ざめた表情を浮かべる。

気がつけば、宝剣クリアが現れた際に観客席から上がったざわめきは消え失せていたが、まあそんなことはどうでもいい。

こいつが剣を手放すまで殴る。俺はそれだけを考えていればいいんだ。

「アッシュさん！」

そこまで考えて俺は誰かに後ろから抱かれるような感覚を覚える。

振り向くとフィーネが俺を抱きしめ、背中に顔を埋めながら涙声でこう続けた。

「もうやめてください……！　アッシュさんの手が血まみれになるのは見たくありません……！」

フィーネのその言葉で、怒りで沸騰していた俺の意識は、『宝剣クリア』の刃を摑んだせいで血まみれになった右手と、アルベリヒを殴った返り血に染まった左手に向けられ、そして今頃になって襲ってきた熱さと痛みで思考回路は冷静さを取り戻していく。

ああ、そうだ。世界の運命を懸けているわけでもないこんな決闘に『彼女』を持ち出すなどという愚行を演じた以上、こいつとエリーゼに罰が下されることは確定しているし、俺がこんな奴のために手を汚す必要はない。

それに……。

「が、あ、ああ――――」

愚かにもアルベリヒはまだ剣を握ったままだったが、顔面はボコボコになって意識を失っていた。

そうか、宝剣はもうとっくに奴らから奪還できていたのか。

「っ……」

俺は宝剣を右手から離すと慎重に審判役の女騎士に手渡し深呼吸する。

「……悪い、頭に血が上ってたよ。止めてくれてありがとうな」

「……はい」

振り返ってフィーネを抱きながら感謝を告げると、それを見てこの決闘の決着がついたと判断したらしい審判役の女騎士は、声高々にこう宣言した。

「アルベリヒ殿下、戦闘不能！　よってこの決闘の勝者はフィーネ・シュタウトとアッシュ・レーベンとする！」


「癒《い》やしの加護を、『キュア・コネクト』」

フィーネは宝剣クリアを摑んでいた俺の右手についた血をハンカチで拭き取ると、聖魔法で傷を癒やす。

「ありがとう、フィーネ」

「……もう絶対に自分で自分を傷つけるようなことはしないでくださいね」

「ああ、分かったよ」

俺はフィーネに深く頭を下げる。

あの時は怒りで周りが何も見えなくなっていたためにフィーネに迷惑をかけてしまった。

本当に申し訳ないことをしてしまったな……。

（さてと……）

フィーネの聖魔法による治療を受けた俺は辺りを見回す。

ユージーン、レコン、デイヴィットは光の鎖により拘束されたままだが、それ以上に戦意も気力も完全に失っており、アルベリヒは意識を失って倒れてしまっている。

決闘の要求を呑《の》ませるためにもこいつらには正気に戻ってもらう必要があるのだが、どうしたものか……。

「——アッシュさん。アルベリヒ殿下たちの怪我《けが》を治療してもよろしいでしょうか？」

今後のことについて考えているとフィーネが俺にそんな提案をしてきた。

……フィーネの聖魔法であれば、アルベリヒを正気に戻して話し合いをすることも可能になる。だがそれは……。

「いいのか？　散々君のことをバカにしてきたあいつらを助けてやることになるぞ」

「……あの人たちのやったことは許せないですけど、目の前で怪我をしている人を見過ごすことはできません。何よりあの人たちがあの傷を悪用して、貴方に対してわたしが受けたものと同じようなことをしないとは限りませんから」

「フィーネがそう決めたのなら俺はその選択を尊重するよ」

たしかにアルベリヒとの戦いではやりすぎてしまった。それこそ決闘ではなく蹂躙《じゅうりん》してしまった。『宝剣クリア』の登場に騒いでいたギャラリーが沈黙してしまうほどに。

フィーネは過去の演習で聖魔法を使い恐れられたことを思い出し、自分に重ね、そして俺に気をつかったのだろう。

それにアルベリヒが自分が受けた傷を悪用するというのも、これまでの奴の態度を見れば考えられなくはない。

まあ正直何を言われたところで俺は気にはしないのだが、それでも彼女の優しさと選択を尊重し、その提案を受け入れることにした。

「ふぅ……、『キュア・フィールド』」

「はっ!?　ぼ、僕は一体!?」

フィーネが全体回復の聖魔法をかけると、傷が消えたアルベリヒは意識を取り戻してガバッと起き上がる。

そしてアルベリヒは自分の手足を観察し、辺りを見回し、自分がフィーネの聖魔法によって回復したことを認識すると武器を手に取ろうとする。

しかし光の宝剣クリアは審判の手元にあり、彼の手元に決闘に使えそうな武器はない。

それに……。

俺が、フィーネに敵意を込めた視線を向けていたアルベリヒを睨《にら》みつけると、奴は情けない声を上げて後退《あとずさ》りする。これはもう決闘どころじゃないだろう。

「改めて宣言させていただきます！　この決闘の勝者はフィーネ・シュタウトとアッシュ・レーベンです！」

「お、お前はあのゲスに金でも積まれたのか⁉　あ、あの、試合はおかしい！　ぼ、僕たちがあんな一方的に負けるはずがない！　あいつらが何か不正をしたんだ！」

審判役の女騎士が決闘の結果をアルベリヒに伝えるが、奴はそれを受け入れず「不正があった！」などと喚き立てる。

まだそんな言葉が吐けるのかと心底呆《あき》れていると……。

「――見苦しいぞ。アルベリヒ」

突然、会場全体に低音でありながらよく通る声が響き渡る。

声が聞こえてきた方向を振り向くと、そこにはエリーゼ嬢を引き連れ、というより引っ捕らえている鳶色の髪に金色の目を持ち屈強な体の大男がいた。

この国に住む人間で、この男の名前を知らないという者はいないだろう。

〝勇者の生き写し〟、〝英雄〟、そして、プレイヤーから公式チートと呼ばれるほど崇められ圧倒的なステータスを誇る〝最強〟。

「ひいっ⁉」

この国が世界に誇る生ける伝説にして正当な王位継承権を持つ現王太子、エルゼス第一王子の姿がそこにあった。

王太子はやや強い力でエリーゼを引っ張り、アルベリヒ王子の方へ突き飛ばすと、そのまま俺たちのもとへまっすぐ歩み寄り——そしてその頭を深く下げる。

「我が愚弟が非礼な振る舞いを行ったこと、ここに謝罪させていただきたい。あれは即刻謹慎とし、後日公式に処分を下すと王太子エルゼスの名のもとに約束する」

王族、それも王太子エルゼスが庶民と下級貴族に頭《こうべ》を垂れるという前代未聞の展開に観客席から動揺や困惑が伝わってくる。

「……フィーネ。殿下の謝罪、どうする？」

「わたし、ですか？」

「ああ。俺からは何も言うことはないよ」

彼女は一瞬何か思案すると、エルゼスに気圧《けお》されることなく喋りだした。

「殿下、二つ確認を。この決闘についてアッシュ様が罪に問われることはありますか？」

「ない。彼は我が王家の宝剣を取り戻してくれた功労者だ。称賛されることはあっても罰せられる謂《いわ》れはなく、決闘についても法を犯したものは何もない。そして仮に彼を罰そうとするような者が現れたら、私が全力を以《もっ》て彼の身を守ると約束する」

「……ありがとうございます。わたしたちは殿下の謝罪の言葉を受け入れます。ですからどうか頭をお上げください」

「フィーネ・シュタウト嬢、アッシュ・レーベン殿の心遣いに深く感謝する。それでもう一つの確認したいこととは？」

「……殿下はわたしと会ったことがございますか？」

彼女のその質問は俺にはとても奇妙なものに思えた。

フィーネが王立魔法学院に入学するきっかけとなったのはエルゼスを山中で助けたことだ。だからこの二人は顔見知りのはず、なのだが。

「いいや、お前と会うのは今日が初めてのはずだ」

……会うのは今日が初めて？　そんなはずはない。フィーネの王立魔法学院への入学を推薦したのはエルゼスのはずなのに。

「……そう、ですか」

「他に確認しておきたいことはあるか？」

「いえ、ございません。お手間を取らせて申し訳ございませんでした」

「何、気にしなくていい。さて」

困惑している俺をよそに頭を上げたエルゼスは、次にアルベリヒとエリーゼ、そしてその仲間たちに射るような視線を向ける。

「アルベリヒ、お前はどうやって宝剣クリアを盗み出した？　この聖遺物の所在は陛下と私、そして一部の者しか知らないはずだ。それにこの剣が持つ価値と背景をお前が知らないわけがないだろう？」

「そ、それは……」

「それとエリーゼと言ったか？　アルベリヒによれば、お前がこの剣の所在を伝えたとのことだが、どうやってそれを知った？　当然のことだが言い逃れはできないと思え」

「えっ、あ、そ、その……」

「詳しいことは騎士団でしっかりと聞かせてもらおう。嘘偽りを述べることはできないと知れ」

審判役の女騎士から宝剣クリアを丁重に受け渡されたエルゼスはそう言うと、騎士たちにアルベリヒたち攻略対象四騎士もとい四馬鹿とエリーゼを連行させ、そして改めて俺たちに頭を下げるとコロシアムを後にした。

場内の混乱は未《いま》だ収まらないままでいるが、それでもまあこれで一段落ついたと言えるだろう。

「とりあえずここを出よう、フィーネ」

「そう、ですね……」

そう言って俺たちは混乱の隙を突きコロシアムから抜け出した。

第六章　新ルートの始まり

「な、何とか街まで出てこられたな」

「ですね……、本当に疲れました……」

コロシアム、さらには学院の敷地から抜け出すことに成功した俺たちは近くにあった喫茶店に入り、そこでようやく緊張を解くことができた。

街の人たちはコロシアムで起こったことを知らないようで、いつも通りの日常を送っている。

こりゃ暫《しばら》くは学院の寮じゃなくて家から通った方が良いかもしれないな。

寮の部屋にいたら四六時中視線を向けられて、ずっと息が詰まるような思いをすることになりそうだし。

「ご注文はお決まりですか？」

そんなことを考えていると店員がやって来て注文を取る。

水だけ飲んで帰るってわけにもいかないし、何か注文しておくか。

「あー、俺はアイスコーヒーを。フィーネは？」

「えっと、ではオレンジジュースを」

「かしこまりました」

注文を受けたフロアスタッフは奥の方へ引き下がっていく。

とりあえず今回の一件で、学院内でフィーネに嫌がらせをする生徒はほぼいなくなるだろう。仮に現れたとしてもその大馬鹿者は相応の末路を辿《たど》ることになるはずだ。

だが学院外ではそう断言することはできなくなる。

俺もフィーネも王都のトップ冒険者や騎士団員と肩を並べられるレベルとステータスを持ってはいるが、政治面においてはエルゼスがバックにいるかもしれないと貴族たちに思わせられているだけで、実際には対抗手段はない。

貴族の中にはマフィアなどと繋《つな》がりを持つ者も少なからずいるし、彼らは自分の手を汚すことなく俺やフィーネに何らかの干渉をしてくる可能性がある。

例えば俺たちを拉致して「自分たちの派閥に入れ」と迫り、エルゼスからの便宜を図ってもらうように脅迫してくるかもしれない。

そうなるとフィーネを誰か信頼できそうな人に預けておきたいな。

俺が信頼できそうな人、信頼できそうな人……。

（うん。いくら考えてもそんな人、俺の友人知人リストにはないいな）

ここに来て自分の友人の少なさ加減に悩まされるとは。これならもっと陽キャのように振る舞って多くの友人を手に入れておくべきだったな。

……まあこれはすぐに答えを出せる話じゃない。

勢いで決めたりせず、しっかりと考えて答えを出すべきだろう。

と、そうだ。

「フィーネ、エルゼス殿下への二つ目の質問は一体どんな意味があるんだ？」

「その、前にも山の中で男の人を助けたと言いましたよね。殿下はその人にどこか似てるような気がしたんですが……」

フィーネの考えは間違っていない。『キズヨル』の物語は彼女がエルゼス王太子を救うことによって始まるのだから。だがしかし。

「でもそれはわたしの気のせいだったみたいです」

「というと？」

「……山で会ったあの人と違って、殿下はどこか浮世離れしているというか、恐ろしさを感じさせる方でしたから」

……たしかに俺たちの前に現れたエルゼスはどこか不気味さを感じさせる人だった。

ゲームでは出番は少ないが、エルゼスは基本的に好青年として描かれている。

そして直接顔を合わせた両者が「会うのは今日が初めて」と言うのだから、フィーネの言う通りなのかもしれない。

　いやしかし、それだと物語が根底から破綻するような……。

「あー、そ、そうだ。わたしが学院寮に戻るとしたら、アッシュさんはどうされるんですか？」

　そんなことを考えているとフィーネが俺に尋ねてくる。

「俺は……、暫くあの屋敷から学院に通うことにするよ。今回はやらかしがすぎちゃったからな」

　ただ、フィーネが片付けてくれたあの状態をちゃんと維持することができるのかという問題があるが。

「アッシュさん、あの屋敷をちゃんと人が住める状態にしておけますか？」

「……黙秘権を行使させてもらう」

「却下します。アッシュさん、汚れた場所に住み続けたら体も心も悪くなるんですよ。健康的な生活を送りたいのならちゃんと掃除をして――」

「分かってる。それは本当に分かってるよ。ただ貴族の屋敷は誰かしら管理人がついているもので、自分で掃除したりすることなんて殆《ほとん》どないんだよ」

　これは本当のことだ。貴族の屋敷には誰かしら住み込みの管理人や使用人がいて、いつ客人が来ても問題ないよう維持している。だから主が自ら屋敷の清掃をすることなんてことはほぼないのだ。

……まあ、だからこそある程度自活できるようにという意味も込めて王立魔法学院の学院寮が存在するのだけど。

ともかく、住み込みにせよ、通いにせよ、管理人を見つけないといけないことは変わらない。

「アッシュさん。その管理人の仕事ってわたしにもできますか？」

「……はい？」

そう考えていると、フィーネが緊張した様子で尋ねてきて、俺はまぬけな声を上げてしまった。

……フィーネに管理人の仕事。孤児院というそれなりに大きな施設で清掃などをやってきた彼女ならできなくはないだろう。いや、あのごみ屋敷を人が住める空間にしたのだから、その実務能力は疑う余地もない。

しかし、だ。

「毎日授業を受けて屋敷の世話をして、また学院寮に戻るって相当しんどいだろ？」

「はい。ですからアッシュさん、貴方が良ければという前提ですけど、わたしを管理人にして一緒に住むというのはどうでしょうか？」

……へ？

「あー、えっと、それは本気で言ってるのか？」

「はい。あ、やっぱり迷惑でしたか……？」

「や、迷惑ではないけど……、俺なんかと一緒の生活って君こそ嫌じゃないか……？」

「大恩人のアッシュさんにそんなこと思うわけないじゃないですか！」

「いや、そういうことじゃなくて……」

あー、そういえばゲームでも似たようなイベントがあったなあ。

共通シナリオの初期の方で攻略対象キャラと同じ屋根の下で過ごすことになって、孤児院で年下の男の子とかと普通に風呂に入っていたから、異性に対する意識が抜けてるフィーネと攻略対象とで、「マジでやるのか⁉」みたいな掛け合いをしてたっけ。

「……分かった。フィーネが良いのならそれで行こう。じゃあ次に給料の話だけど」

「そんな！　住まわせてもらえるだけでわたしは——」

「それはダメだ。管理人という労働の代価としてお金を支払う。これで俺と君の関係は上も下もない対等なものになる。同じ屋根の下で暮らすのなら、これは絶対にしておかないといけないことだと思う」

「は、はぁ……」

対等な人間関係を構築するために、フィーネには労働をしてもらい、俺はその代価として給料を支払う。

これを疎《おろそ》かにしてしまうと、「タダで住まわせてやってるんだから言うことを聞け！」と俺が言ってしまう可能性がある。

勿論《もちろん》そんなことをするつもりはないし、主目的はフィーネが家を出て自立できるようにすることだが、共に住むのなら対等な関係を意識すべきだろう。

「俺はこのことについて譲歩する気は一切ない。これが一緒に住む最低限の条件だ」

「うぅ……分かりました」

「なら、これで交渉は成立だ」

そう言って俺は右手をフィーネに差し出した。

するとフィーネも、どこか嬉《うれ》しげな様子で手を出してきて固い握手を交わす。

「じゃ、とりあえず落ち着くまでの間は、家主と住み込みの管理人として一緒に暮らすってことで」

「はい！」

こうして俺たちは奇妙な縁から共同生活を送ることになったのだった。

※　※　※

決闘から一週間後。

王城の一角、国王と一部の王族、そして限られた外部の人間にしか知らされてない部屋に集まった者は、一人を除いて全員神妙な面持ちで席に着いている。

「国王陛下が入室されます」

そして扉の近くに立っていた近衛騎士の一人の言葉に彼らは急いで立ち上がった。

続いて部屋に入ってきた白いシャツを着て髭《ひげ》を貯《たくわ》え、普段と変わりなくやつれた表情をした長身痩軀の男――国王サルース九世は、直立不動している者の顔を見回し、王にしか座ることが許されない椅子に座ると、部屋の面々に「楽にせよ」とだけ呟《つぶや》く。

その言葉を受けて部屋に集っていた者たちは再び静かに各々の席へと座った。

「――して、此度《こたび》の一件はどのように片を付ければ良いかの」

サルース九世が重々しく発したその言葉に、一件に関わっていた者の親――『猛将』と『宮廷魔術師長』、『財務尚書』の顔が青ざめる。

「も、申し訳ございません、陛下！　あの愚息は蟄居《ちっきょ》させておりますが、陛下の命があれば私共々首を差し出します！」

『猛将』の肩書きは最早《もはや》劇の役名か何かだったのではないかと周囲の者に思わせるほど、酷《ひど》く怯《おび》えた様子でサルース九世に跪《ひざまず》く。

「お前とその息子だけの責任ではない。罪を負わねばならないのは我らもだ」

そう言ってサルース九世は『宮廷魔術師長』と『財務尚書』の顔を一瞥《いちべつ》してから、真の権力者である王太子エルゼスに問いかける。

「たしかに今回の件で最も重い罪を犯したのは我が愚弟とそれを唆したエリーゼ。王族の特権を振りかざして宝物庫に入り王家の秘宝をあのような場に持ち出した罪、どう償わせるか。本来であれば極刑もやむを得《え》ないところですが……」

そう話すエルゼスは考え込む素振りを見せながら席を立つと、部屋に唯一ある小さな窓を覗《のぞ》き込《こ》む。

「罪と言えば、秘宝を取り戻してくれたあの者たち、アッシュ・レーベンとフィーネ・シュタウトに対する褒賞について陛下は如何《いかが》お考えでしょうか？　あの者たちがいなければ秘宝を然《しか》るべき場所に戻すことは叶《かな》わなかったでしょう」

「ならばエルゼス、お前は何が相応《ふさわ》しいと考える？」

エルゼスはサルース九世に向き直ると、まるで舞台役者のように仰々しい振る舞いをしながら自らの考えを話し始めた。

「フィーネ・シュタウトには勇者勲章を授与すればよろしいかと。それだけの実績を上げているのですから宮中の者も納得するでしょう。しかし問題はアッシュ・レーベンの方ですな」

そう言って、エルゼスは用意された水を飲み干すと再び口を開く。

「聞けば彼の者は準男爵家の次男だとか。これほどの勲功を立てた者がこのまま平民へと落ちるのを見過ごすのは如何なものかと。たしか宮廷貴族のヴァイス子爵家を継承する者がいないとのことで近々公文書に断絶と明記されるとか。あの家を彼、アッシュ・レーベンに継がせるというのは如何ですかな？」

そのエルゼスの回答に、サルース九世の傍らに控えていた『宰相』が恐怖で体を震わせながらも反論する。

「お、恐れながら殿下！　勇者勲章はともかく準男爵家の、それも成人もしていない次男以下の者を子爵に叙したことは、このラクレシア王国建国以来前例がございません！」

そして『宰相』の反論に対して、口には出さないが、この場に集まったごく少数の高級官僚や騎士、閣僚も同意見だった。

貴族の中で最も身分の低い家柄である準男爵家の次男が、血縁者が全員いなくなるか王国並びに王に対して謀反を起こさない限り身分が保障されている世襲男爵に叙されるだけでも異例であるのに、それを通り越して、消滅寸前とはいえ宮廷貴族の子爵家の家督を継がせるなど前代未聞のことだ。

しかしその回答も予想していたのか、エルゼスは壊れかけの玩具《おもちゃ》で遊ぶような雰囲気で『宰相』の顔を見据える。

「では宰相殿はどのような褒賞であれば妥当だと？　決して盗まれるようなことがあってはならない、それこそ責任者の首が幾つ刎《は》ねられてもおかしくない今回の事件で、果敢に、そして勇敢に王国の秘宝を取り戻した偉大な勇者に対して」

「そ、それは……」

『責任者』という言葉で当事者であることを自覚したのであろう『宰相』は、冷や汗をかきながら言葉に詰まって何も言えなくなってしまう。

「よさぬか、エルゼス。……準男爵家の次男を子爵にしてはならないという法はない。しかし宮廷内や騎士団にはその措置に反発する者も大勢いるだろう。それこそ協力者がいなければアッシュ・レーベンとやらも、そして我らの面子も立たなくなるだろうな」

息子の戯れに耐えられなくなったのか、サルース九世は大きく息を吐くと、『宰相』と、そして今回の事件に息子が関わってしまっている三人の貴族に助け船を出した。

「こ、このグライム！　国王陛下と王太子殿下のためであれば、いつでもこの身を擲《なげう》つ所存です！」

「同じくアルバッハもグライム将軍と考えは同じく！」

「陛下、そして殿下！　このベヌスにも何卒《なにとぞ》協力させてください！」

その光景に、エルゼスは笑みを浮かべながら改めてサルース九世を振り返り、そして頭を垂れる。

「国王陛下。三人の処分は叱責に留《とど》めてはいただけないでしょうか。ここまで陛下に忠誠を誓っている者の息子ですから、注意をすれば、いずれこの者たちのように王国のために働いてくれるはずです」

「……よかろう。して、我が愚息とエリーゼ・リングシュタットの処分についてはどう考えておる？」

エルゼスは「待っていた」とばかりに口角を上げた。

「王立魔法学院の大講堂で、両者揃《そろ》ってアッシュ・レーベンとフィーネ・シュタウトに謝罪をさせるのがよろしいかと。どうやらどちらもプライドが高く、そういったことを屈辱と捉える性格のようですからな。さらに言えば、罪人の告解と同じく身動きが取れない状態にすればより効果的かと。そうすればあれらにとって一生忘れることができない恥となるでしょう」

「……お前の考えは分かった。だがあの者らの最終的な処分は余が決める。お前はでしゃばらず大人しくしておれ」

「陛下がそう仰《おつしや》るのであれば」

サルース九世は最後に「疲れた」とだけ口にすると席を立ち部屋を出ていく。

それをサルース九世を除く全員で見送った後、エルゼスが部屋を出て、それに続くように閣僚や官僚、騎士たちも退室する。

最後に残ったのは『猛将』と『宮廷魔術師長』と『財務尚書』だけだ。

「あの若狸《わかだぬき》に借りを作ることになるとは……。あのバカ息子め。あんな下級貴族の娘のどこがいいのだ」

『財務尚書』は椅子に深く座り込むと腹立たしげに机を叩《たた》く。

「まあまあ、ベヌス殿。我らの身分は保障されたのですから今はそれで良しとしましょう」

「アルバッハ殿。あの若狸、エルゼス殿下に弱みを握られた上、借りまで与えてしまったにもかかわらずその考えは悠長すぎるのではないか？」

彼らが語る若狸、それは『竜殺し』など様々な偉業を上げ数多《あまた》の肩書きを持つ〝千貌の英雄〟王太子エルゼスのことだ。

平民や宮廷外の貴族からは豪放磊落《ごうほうらいらく》な傑物と思われているエルゼスだが、宮廷内ではその政治力により様々な派閥を陰から操り、現国王サルース九世以上の権力者として君臨している。

そのため「王城で生きていきたければ、如何《いか》にエルゼスの利となる人物であるかをアピールしなければならない」とまで言われていた。

「なれば予定通りエルゼス王太子が国王に即位するのを待つまでよ。そのためにも、まずはアッシュ・レーベンによるヴァイス子爵家の家督相続をつつがなく実行できるよう工作するまでだ」

『宮廷魔術師長』はそう呟くと先程エルゼスが覗いていた部屋の窓を覗く。

王都の荘厳な街並みは夕焼けに照らされ赤く染まっていた。

※　※　※

「殿下、本当にこのような処分で済ませてよろしいのですか？」

エルゼスの私室、必要最低限の家具しか置かれていない効率性を重視したその部屋で、腹心の女侍従は、机に向かい日課のように立てている『国家百年の大計』を吟味している『王太子』に問いかけた。

「このような、とは？」

「今回の件、第二王子殿下はともかく他の者については極刑が妥当です。たしかにあの者どもに平民への謝罪は耐え難い屈辱となるでしょうが、今回の措置は殿下にしては甘すぎるかと」

「くくっ、相変わらずお前は容赦がないな」

そこがお前の良いところだが、と付け加えるとエゼルスは侍従の方を向く。

「アッシュ・レーベンのあの異常な力の数々、そしてフィーネ・シュタウトの『光の聖女』への覚醒。百年後にもこの国を生かすためにも、彼らには御しやすく、それでいて何時でも処分できる敵が必要なのだ」

「前者については、殿下は既に謎を解明されておられると思っておりましたが……」

「確証を得られるまでは空論だ。ともかく今の我らに必要なのは外圧だ。圧を受けても跳ね返す力、それを手に入れることで百年後の生存権を手に入れられる。その礎《いしずえ》としてこの身が朽ちても惜しくない」

「……さようですか」

話を聞き終えた侍従は、改めて目の前の『怪物』に対する自分の恐怖心は間違っていないと確信する。

『英雄』として国民に慕われる表の顔、『黒幕』として宮廷闘争を支配する裏の顔、そして如何にも『愛国者』ぶっている今の顔。そのすべてがこの男の本質であり、『怪物』のそれぞれの側面にすぎないということを侍従は知っていた。

この怪物の性、それはすべての物事を卓上遊戯とその駒としか捉えることができないというものだ。

目の前の怪物は英雄という役柄を、宮廷を支配する黒幕という役柄を、そして国の将来を憂える愛国者という役柄を本気で演じており、それにより駒がどのように動くか、その様子を観察することのみを唯一の娯楽としている。

そしてこの怪物が何かの拍子に国を滅ぼす『魔王』という役柄に本格的に興味を示せば、大惨事を引き起こしかねないということ、すでに『魔王』という役割を楽しむために何人もの狂人を飼い慣らしていることも侍従は知っていた。

だからこそ侍従は、恐怖心を抱きながらも目の前の『怪物』に付き従う……ふりをする。

国王陛下より賜った勅命により、この怪物が本物の制御不可能な災厄にならないようにするために。

「さあ、『光の聖女』と『イレギュラー』たちよ。次はどんな景色を見せてくれる？」

第七章　新生活

「あ、あのアッシュさん……。こんなのわたしには入りきりませんよ……！」

屋敷の一角、つい最近片付けられたことで人が住める状態になった部屋で、フィーネは情けない声を上げながら俺を見た。

「何を言っているんだ、フィーネ。まだまだ始まったばかりだろ？」

「で、ですけどわたしにはもうこれ以上は――」

「何を言っているんだ。これが終わるまで俺はお前をこの部屋から出すつもりはないぜ」

対して俺はフィーネの懇願を一蹴すると、机の上に置かれたものを手に取る。

俺が手に取ったもの――『三年次前期歴史授業書』との表題がある教科書を見て、フィーネは目に涙を浮かべた。

「い、今からそれに書かれているものを全部覚えるなんて絶対に無理です！　わたしの頭じゃ入りきりませんよ！」

「今回の試験に出そうな部分はヤマを掛けておいたから全部覚える必要はない！　とにか

く総合実力試験で上位を取るには、暗記系で高得点を稼がないといけないんだよ！」

俺たちは机を前にギャーギャー言い合う。

どうして俺たちがこうして試験について騒ぎ合っているのか。

事の発端は数時間前に起きたとあるでき事だった。

※　※　※

「アッシュさん、起きてください。朝ですよ」

朝、ベッドで寝ていた俺は優しく起こされる。

目を開けると、そこには制服の上にエプロンという見慣れた恰好のフィーネの姿が。

「……ああ、おはよう。フィーネ」

「はい、おはようございます、アッシュさん。朝ごはんはもうできてるので、パジャマを自動魔導洗濯乾燥機に入れたらリビングに行ってください」

「ふぁい」

起きてすぐで、まだぼんやりとした状態の俺は、朝から生き生きとしながらカーテンと窓を開いて部屋に陽《ひ》の光を入れるフィーネに気の抜けた返事をすると、彼女が言った通りにしてリビングへと向かう。

（おー、今日もまた豪華だな……）

テーブルには、エッグベネディクト風トーストと野菜スープにコーヒーが二人分並べられていた。

「お待たせしました。それではいただきましょう」

「あ、うん」

それから聖女神教の一般的な食事前のお祈りをすると、ナイフとフォークを手に取り、早速トーストの上のソースがかかった卵にナイフで切り込みを入れる。

すると半熟の卵がソースと共にトーストとベーコンにかかり、俺の食欲をそそった。

たまらず切り分けて口に入れると、俺が想像していた以上の美味《うま》さを感じる。

「相変わらずすごく美味いよ」

「それは良かったです」

フィーネは優しい笑みを浮かべながらそう答えた。

いやほんと、これまで朝飯は缶詰とか簡単なもので済ませていたから、こういったちゃんとしているものを毎日食べられていることに感激してしまう。

「ごちそうさまでした」

「お粗末さまでした。ではわたしは洗濯物を干してきますね」

そしてあっという間に朝食を終えると、フィーネはてきぱきと家事をこなしていく。

その彼女の仕事ぶりに毎度のように感心させられながら自室に向かい、俺は制服に着替えて学院に向かう準備を済ませた。

「なら悪いけど先に出るぞ」

「はい。いってらっしゃい」

俺は罪悪感を感じつつも、まだ家事をしているフィーネに一言告げてから屋敷を出る。

これは俺とフィーネが同じ屋根の下に住んでいることに他の生徒に気づかせないようにするためだ。

たとえ住み込みの屋敷の管理人と雇い主という関係があっても同じ学院の生徒同士、それもアルベリヒ王子の決闘騒動の当事者である俺たちが一緒に登校するのは、色々とまずいのではないか？

という考えから、俺たちは時間差で学院に登校することにしたわけだ。

「おっす、おはようイアン」

「おはよう、アッシュ」

学院に向かう最中、訓練用の模擬剣を携えたイアンの姿を見つけた俺は早速声をかける。

「ん、剣の稽古もしてきたのか？」

「ああ、まあそうだな」

「へー、また珍しいことを」

「……あんな凄《すご》いものを見せられたら、オレも何もしないわけにはいかねえだろ……」

「何か言ったか？」

「いや何も」

　イアンの反応に少し違和感を覚えながらも俺はそれについて考えるのをやめ、とりとめのない雑談をしながら学院へと歩いていく。

「おはようございます、イアンさん！」

「おはよう。フィーネちゃん」

　程なくして家事を済ませたフィーネが合流する。

「ところで今朝の寝坊助《ねぼすけ》はどうだった？　何か面白いことをしてなかったか？」

「ん？　その寝坊助って誰のことかな？　んー？」

「あはは……」

　イアンは、フィーネが俺の屋敷の管理人になっていることを知っている唯一の人間だ。

そのため、朝三人が集まる機会があるとこうしてからかってくることがよくあった。

「っ」

　そしていつものようにイアンを問い詰めていると、フィーネの顔が突然曇る。

正面を見ると、そこにはフィーネを虐《いじ》めていたあの〝袖持ち〟の小太り生徒とその取り巻きの姿が。

フィーネにまだ何かする気なのではないかと警戒していると、奴《やつ》らは俺たちの方へ走ってきて――。

「も、も、申し訳ありませんでしたあああ！」

小太り生徒と取り巻きはフィーネに向かって土下座をしたのだった。

「えっと……、え？」

「フィーネ様に関する噂《うわさ》がデマだったとは思わなかったんです！　どうか、どうかお許しください！」

……こいつらは食堂で、他の生徒らの前で盛大にフィーネのことを虐めていた。

そしてその虐めの根拠となったものはエリーゼたちによる悪質なデマだと判明した。

これらのことと今後の立場のことを考えた結果、この〝袖持ち〟生徒と取り巻きはフィーネに土下座することにしたのだろう。

しかし「お許しください」か。

フィーネが受けた痛みや苦しみはこんな程度のことで済まされるほど軽くはない。

何より注目を集めるためなのだろうが、大勢の生徒のいる前で土下座をされても彼女からしたら迷惑な話だ。

そう考えて一言物申そうとするが、フィーネは手で俺の行動を制して〝袖持ち〟の生徒たちの前に立つ。

「帰ってください」

「そ、それはお許しになってくださるという――」

「帰ってください、と言ったはずです」

「そこをどうか！　貴女様《あなたさま》にお許しをいただかないと父上から――」

「っ！」

やはり反省からくる行動ではなかったらしく、小太りの〝袖持ち〟生徒はフィーネの足にしがみつく。

「はぁ……」

フィーネはため息をつき自分の真後ろに白く輝く光球を出現させると、能面のような表情で淡々と告げる。

「これが最後です。帰ってください。そして二度とわたしに話しかけないでください」

「ひっ、ひいいいい!?」

〝袖持ち〟生徒と取り巻きは悲鳴を上げて逃げ去っていく。

「ではアッシュさん、イアンさん、また」

そしてフィーネはにっこりと笑みを浮かべてそう言うと、自分の教室がある上級貴族クラスの校舎へと向かう。

「な、何つーか性格変わったな……」

「でもまあ、あれくらい言えるようになれたらこれからの学院生活も大丈夫だろ」

俺はフィーネの変化を見て安心感を覚えるのだった。


「あー、やっと授業が終わった……」

「随分とお疲れの様子だな、アッシュ」

午後の授業が終わり大きく伸びをして体をほぐしていると、イアンが話しかけてくる。

「ずっと教師や生徒に見られてたんだからそりゃ疲れるよ」

「まあ、まだアレから一週間しか経《た》ってないからなあ」

イアンの語るアレとは、コロシアムで行われた俺とフィーネ、そして四騎士改め四馬鹿との決闘騒動のことだ。

あの決闘であいつらを一方的に蹂躙《じゅうりん》した結果、学園では目立たず凡庸な人間として暮らしてきた俺は四馬鹿に取って代わって人気者となり、青春の輝きに満ちた学園生活を送るようになれる——なんてことになるはずもなく。

「ひいっ⁉」

「い、命だけは！」

俺と視線が合うと、教師も男子生徒も女子生徒もそんな声を上げて逃げていってしまう。

「流石《さすが》は〝蹂躙者〟様。視線を向けただけで学院を支配しちまうとはね」

「そのあだ名で呼ぶのマジでやめろ」

〝蹂躙者〟、これがあの決闘の後に俺に付けられたあだ名だ。

「あの四騎士を一方的に、一切の容赦なく、完膚なきまでに叩《たた》きのめした」ということから、決闘を観戦していた生徒の誰かが俺のことをそう呼び始め、今では学院中にこのあだ名が浸透してしまった。

つーか今逃げてった教師、剣術演習で現役の騎士だろ。生徒相手に悲鳴上げて逃げんなよ。

ま、それだけあの決闘の内容が恐れられているということだろうけど。実際、アルベリヒにはちょっとやりすぎたなと内心後悔しているし。

それでも〝蹂躙者〟はないだろうと強く物申したい。

しかしそう考えると……。

「お前が他の連中と違って普通に話しかけてくれるのは、本当に癒《い》やしだよ」

「アッシュとはそこそこ長い付き合いだからな。あそこまで強いのは知らなかったけど、それでも、学院で噂されてるような血も涙もないような人間じゃないってことだけは分かるよ。それにわざわざ時間を作って稽古をつけてくれるお前の姿を見たら、奴らも認識を改めるさ」

「イアン、お前は本当に良い奴だなあ」

「おいおい、抱きつこうとするなよ。オレにその気はないぞ」

「あ、アッシュ・レーベンさん。学院長がお呼びです。至急学院長室にお越しいただけないでしょうか……？」

イアンとそんなじゃれあいをしていると、担任の教師が怯《おび》えた表情を浮かべながら俺に話しかけてきた。

「分かりました。すぐに行きますよ」

「は、はい⁉　それではわたしはこれで！」

伝えることだけは伝えたとばかりに、担任は脱兎《だつと》のごとくその場から逃げ出す。

しかし学院長から呼び出しとは。一体何だろうか。

「……決闘についてやりすぎだって叱られるのかな」

「いやあ、エゼルス殿下が罪に問わないと言ってたから、そりゃないだろ」

「そうなってはいるけどさあ……。とりあえず言われた通り学院長室に行ってくるわ」

「おう、じゃあな」

そうしてイアンと別れた俺は学院の別棟、普段滅多《めつた》に入ることがない、というよりその機会がない、〝袖持ち〟たちが通う三階建ての上級貴族クラスの校舎に入り、学院長室へと向かう。

「な、なあ。あいつって例の……」

「見るな見るな。顔を覚えられたらどんな目に遭うか分かったもんじゃないぞ……」

どうもする気はないんだけど、どちらにせよこちらの主張は信じてはもらえないだろうな。

上級貴族の中の最上位、大々貴族のご子息を平然とフルボッコにした挙げ句、王族相手にあのようなことをしたのだから、彼らからするとヒグマ、いやドラゴンが建物の中に侵入して闊歩《かっぽ》しているような感じなのだろう。

まあどうせ学院を卒業したら会うことがなくなる人たちだし、どう思われようが構わないのだけど。

そう考えることで無数の視線を無視し学院長室が置かれている三階へと向かうと、見慣れた女子生徒が廊下でおろおろとしているのを目にする。

「フィーネ？　こんなところで何してるんだ？」

「アッシュさん！」

見知った相手と出会えたからか、フィーネはぱあっと嬉《うれ》しそうな表情を浮かべてこちらへ駆け寄ってきた。

「わたしはその、学院長に呼ばれて。アッシュさんは？」

んー？　フィーネも呼び出しを受けたのか？

「俺も同じだよ。一体どんな目的で呼び出されたのか」

「アッシュさんもですか……」

「叱られたりだとかそういうのじゃなければいいんだけどねえ」

ま、何にせよ実際に話を聞かなければ理由は分からないか。

「とりあえず入ってみるか」

「……そう、ですね」

俺はフィーネの隣に並ぶと、学院長室の扉をノックして声をかける。

「学院長。アッシュ・レーベンとフィーネ・シュタウトの二名、お呼び出しと聞いて参りました」

「鍵は開けてある。入ってきたまえ」

扉越しに聞こえてきたその声は、王立魔法学院の入学式で長々とスピーチをしていた学院長の声と同じだった。

あれだけのことがあったからクビになってるんじゃないかと考えたりもしていたが、どうやら職を失わずに済んだらしい。

「失礼します」

「……ああ、来たか」

そんなことを考えながら俺たちが入室すると、ハゲ頭で長い髭《ひげ》を生やしている魔法使い然とした容貌の老人が酷《ひど》く疲れた様子で大きくため息をつくと、こちらへ視線を向ける。

「……あの、私たちに一体何のご用でしょうか？」

「そう緊張するな。悪い話でもないし、時間を取らせるつもりはない」

と言って学院長は、心の底からやりたくなさそうにフィーネに頭を下げた。

「まずはフィーネ・シュタウト、君に対する悪質なデマや噂を放置していたことを学院長として正式に謝罪する」

学院長の言葉はそれはもう誠意を全くこれっぽっちも感じさせないもので、むしろ余計に腹が立つようなものだ。

もしこれが俺に対するものだったら「〝謝罪する〟、じゃなくて〝謝罪します〟だろ？　ああ？」と言っていただろうし、というか今すぐにでも言ってやりたい。

「頭を上げてください。わたしはまたこうして人の役に立つための魔法を学ぶことができるだけで十分です」

しかし流石は善人の見本のような性格をした乙女ゲームのヒロイン。自分より数倍年上の人間の無礼な振る舞いにも聖母のような笑顔で返してみせた。

「君がそう言ってくれるのならワシもとても助かるよ。……そして次は君だ、アッシュ・レーベン」

恐らくここからが本題なのだろう。

学院長は机の引き出しから慎重に封筒を取り出すと、それを丁重に俺へ差し出す。

「畏れ多くも国王陛下からこの封書を君へ渡すようにと勅命を賜った。中身は後で確認してくれたまえ」

「こ、国王陛下から、ですか……」

国王。

ゲーム本編ではたまーに出番があるくらいだし、目立った活躍と言っても逆ハーレムルートでの『光の宝剣クリア』に関するイベントくらいで、キャラとしての思い入れはないが、ゲームが現実となったこの世界では、思わず冷や汗をかいてしまうほどの畏怖の念を抱いてしまう人物だ。

この上級貴族の子が通う校舎ですら俺からすると別の世界のようなものなのに、この国の頂点にして王城の主たる国王は、この世界の神と言っていい畏怖すべき存在だ。

そんな奴が俺みたいな木っ端貴族の、さらに底辺に渡す封書……。

「話は以上だ。もう帰ってくれて構わない」

「では失礼します。……行こう、フィーネ」

「は、はい。失礼しました！」

俺はフィーネの手を引き学院長室を出ていく。

間違いなく厄介ごとに巻き込まれる。そう確信しながら。

※　※　※

「お野菜安くて良かったですね！　それに売り物にならないからってこんなにもサービスしてもらえて」

「そ、そうだな」

学院からの帰り道、フィーネはカゴ一杯に入った野菜を見て、とても嬉しそうに俺に話しかけてくる。

いやまあ、あれは青果店のオヤジがフィーネにデレデレだったからだと思うけどなあ……。

フィーネは管理人として俺の屋敷に住むようになってすぐに王都の人気者となり、買い物に行った時に、こうしてついでに何かを貰《もら》うことが度々起きていた。

「アッシュさんは今晩のメニューは何がいいですか？」

「シェフにお任せします」

「うえっ⁉　えっとそれじゃあ昨日の残りのパンと……」

俺は夕飯の献立を真剣に考えるフィーネを微笑《ほほえ》ましく思いながらも、同時に学院長から渡された国王陛下からの手紙の存在で胃が痛くなる。

ああ……。ついに帰ってきちゃったな……。

そんなことを考えていると俺の屋敷が視界に入った。

とうとうあの手紙を見なくてはならない時がきたのかと思うと気が重くなる。

「フィーネ、俺は家に着いたらすぐあの手紙を見るから、夕飯ができるまで一人にしてくれ」

「分かりました」

可愛《かわい》らしく敬礼するフィーネに気が休まる思いを抱きながら、俺は屋敷のドアに鍵を差し込む。

……うん、誰かが潜んでいるような気配はないな。

「じゃあ、フィーネ。また後で」

「はいっ！　夕飯期待しててくださいね！」

俺はフィーネと別れると急いで自分の部屋へと移動し扉の鍵を閉める。そして鞄《かばん》の中に入れてあった封書を取り出し、ペーパーナイフで中身を慎重に取り出す。

中に入っていたのは一枚の書状のみ。

その一番下に国王の署名と王家の印がある。

それだけでも大変恐れ多いのだが、それ以上に恐ろしいのは達筆な文字で書かれたその内容だった。

『レーベン準男爵家次男アッシュ・レーベン、並びにフィーネ・シュタウトに此度《こたび》の功績を認め勇者勲章を授与する。レーベン準男爵家次男アッシュ・レーベンにはさらに宝剣奪還の功を認め、ヴァイス子爵に叙す。また叙勲式並びに叙爵式は、近く行われる王立魔法学院の魔法・剣術実力試験成績上位者表彰式にて、王太子エルゼスが国王の名代として執り行う』


……え？


「わたしに勇者勲章で、それにアッシュさんが子爵様になられるんですか？　えっと、お祝いのケーキとか買ってきた方がいいですかね……？」

夕食後、俺はフィーネにあの書状の内容を伝えた。

流石に同居している管理人、しかもあの事件の当事者でもあるフィーネにこのことを伝えないわけにはいかないだろう。

そう思って話したわけだが、原作同様に、いやそれ以上に貴族社会というものに疎いフィーネは理解が追い付いていないようだった。

「いや、俺のお祝いとかはしなくていいよ。この子爵位は向こうが手打ちの条件として一方的に送ってきたものだからな。しかも返品不可能な状態でね」

「手打ち、ですか？」

「普通爵位なんてそうそう上がるもんじゃない。上級貴族家の嫡子に自分の子を婿入りや嫁入りさせて孫が継承する爵位を上げるか、それか戦争で相当の武勲を立てるかくらい。どっちも実現の可能性なんてないに等しい。この国で爵位が上がるってのはそれくらい前代未聞のことなんだよ」

そこまで言って俺はフィーネが淹《い》れてくれた紅茶を飲む。うん、これも美味い。

付け加えると、俺は準男爵家の次男だから当然ながら家督を継げず、また分家を立てられるほどの功績があるわけでもなく、そもそも分家を立てるほどの金が実家にないので、学院を卒業し成人すれば平民落ちすることが確定していた。

これが上級貴族だったら、余った爵位をもらえず平民落ちしても元貴族のステータスが付くのだが、残念ながらレーベン準男爵家は全くと言っていいほど知名度がないので、嘲笑の的にされるのがいいところだろう。

ともかくこの国、ラクレシア王国では爵位を上げる方法は皆無に等しい。そのため貴族たちの中では、宮廷でのかけひきや投資などで富や権力を集めるというのが成功への常道とされてきた。

そんな中での準男爵家の次男が子爵に叙されたというニュースは、宮中の貴族たちに大きな衝撃を与えたことだろう。

そして貴族雑誌などで軽く調べた情報によると、ヴァイス子爵家は領地を持たない宮廷貴族で、先々代の当主が子に恵まれず、傍流の子を養子にすることでその時は何とか家を維持することができた。だが、先々代の奥方とまだ未婚だった先代当主が事故で不慮の死を遂げたことで家督を継承できる者がいなくなり、一応まだ公式の貴族名簿に残ってはいるがそれも近く削除される予定の家とのこと。

そして保有していた資産もすべて国庫に納められ、ヴァイス子爵家に仕えていた家臣たちも先代当主の没後、全員他の貴族家に移ったとのことで、俺が新たに富や権力を手に入れることは確実にないと断言できる。ヴァイス子爵家に関しては正直に言ってしまえば、都合よく断絶していた家があったから褒賞としてくれてやったくらいのものだろう。

だがそれでも盗まれた『宝剣』を奪還し、子爵位を得たという事実と、それに伴い生じる権威、そして宮廷での権力闘争に巻き込まれるという結果は変わらない。

そしてこうした状況下で安寧を得るには、現在宮中で巨大な権力を持ち、同時に俺が盛大にボコボコにしたあの四馬鹿の親と上手《うま》く関係を構築する必要がある。

だからこれは手打ちなのだ。

『お前を特例で子爵にして安定した地位をくれてやるし、その後のサポートもしっかりしてやるし、身の安全も保障してやる。だからお前はこれ以上あの決闘についてほじくり返すな。あと絶対にそんなことはしないと思うけど、国王陛下の慈悲を無下にしたりなんてしないよな？』

あの書状に込められたメッセージはつまるところこれだ。

さらに叙爵式は王太子が執り行うときた。

これでは当日サボることもできやしない。

ということを色々とかみ砕きながら説明すると、フィーネもこの書状の厄介さを理解したのか不安げな表情を浮かべる。

「……だからアッシュさんはその、気が重たそうというか嫌そうな顔をされてたのですね」

「ま、大人しく式に出て子爵位を貰って争いごとを起こさないように過ごしていれば何とかなるから。俺たちが危害を受けるようなことは起こらない、と思いたい」

「そ、そうですね……」

「あー、あと勇者勲章については純粋に喜んでいいと思うぞ。授与者には毎年国から功労金が給付されるから独り立ちしても問題がなくなる。式典に出なくちゃならないから、そこは辛抱してもらう必要があるけど」

勇者勲章は平民に与えられる勲章の中でも最上級のもので、その権威は準男爵家などの木っ端貴族よりも遥《はる》かに上。

さらに食うに困らない財産まで与えられるのだから、貰っておいて損のないものだ。

問題はその叙爵式をどう乗り切るか、だな。

ゲームでないこの世界で唯一信頼できるものは、己のレベルとステータス（ＲＰＧ）のみで、それ以外の分野で絶対と断言できるものはない。

そしてゲームボスとしての強さにおいて、間違いなく最強である王太子が出てくる以上、俺にできるのは大人しくすることだけだ。

……というか、もうすぐ総合実力試験の時期なんだな。

本当に今さらだが、書状の内容からもうすぐ、というかほぼ一週間後に王立魔法学院の総合実力試験が行われることを思い出す。

今回は試験の後に勲章と爵位の授与が控えているから、去年のように力を抜くことはできないな。俺はそう考え苦笑いを浮かべながら、再びフィーネが淹れてくれたお茶で一服するためにティーカップへと手を伸ばし、そこでふとあることが頭に浮かんだ。

「フィーネ、君の総合実力試験の平均順位って大体何位なんだ？」

「え……」

「だから総合実力試験の順位だよ。今年は成績上位者表彰式の後に勇者勲章授与の式典があるから、試験の結果が高い順位で出席した方が逆に目をつけられないと思うから……」

去年の試験では力をセーブしていたが今年は全力を出してもいいだろう。アルベリヒ王子との決闘であれだけ見せつけてしまったわけだし。

そんなことを思いながらフィーネに話を振ったのだが……。

「……えっと」

試験の話をした途端、フィーネの様子がおかしなものになる。

「あの、フィーネさん？」

「……少し待っててください。去年の点数表を持ってきます」

「いや、ここで言ってもらえれば――」

「自分で言うと凄く恥ずかしいんです！」

と叫んで彼女は自分の部屋へと走っていった。

あの反応、まさかな……。

俺が物凄く嫌な予感を覚えながら紅茶を飲み干すと、ちょうどそのタイミングでフィーネが俯《うつむ》きながらリビングに戻ってきて、無言で俺に前回の試験の点数結果が記された紙を突き出す。

「お、おお……」

そしてその中身を確認した俺は、王立魔法学院に留年制度がなくて良かったと心の底から思う。

フィーネの総合実力試験の点数は良くて下の上というものだった。

総合実力試験は、座学試験と剣術の実技試験と魔法の実技試験の三つからなる。

そしてフィーネはエリーゼによって原作イベントが起きずレベルが低かったから、剣術と魔法の実技試験の結果はそこそこというところだ。

だが問題は座学試験である。

フィーネの各科目の点数は殆《ほとん》どが前世で言うところの赤点未満だった。

強いて言うなら暗記系は赤点を回避できているが、魔法理論や理数系は壊滅的だ。

「……フィーネ」

「はい」

「今すぐ試験勉強をするぞ」

「……はい」

俺は有無を言わさずフィーネにそう告げると、過去問などが置いてある書斎へ彼女を連れていくのだった。

※　※　※

「……まあ、これなら座学の方は問題ないかな」

総合実力試験の前日、珍しく駄々《だだ》をこねるフィーネを無理やり椅子に座らせて暗記させ、そして解かせた過去問の点数を見て、俺は笑みを浮かべながら伝える。

「お疲れさま、フィーネ。何か甘いものでも持ってこようか？」

「お、お願いします……」

フィーネは机に突っ伏して弱々しく俺に返事をする。

魔導冷蔵庫に入れておいたケーキを持ってくるか。試験勉強頑張ってたしな。

俺はそんなことを考えながらキッチンへと向かうのだった。

※　※　※

総合実力試験座学試験の試験結果の発表日には授業は行われず、一人ずつ順番に自分のクラスの教室に入って担任から点数表だけ渡された後に下校となる。

これは毎年試験結果にショックを受けたり不服を訴えて教師に詰め寄り騒ぎ立てたりする生徒がいるためだ。

「そんな……あれだけ頑張ったのに……」

「こんな結果はあり得ない！　誰かが僕をハメたんだ！」

そして残念なことに袖の有無を問わず今年もそのような生徒は大勢いた。

俺はそんな見苦しい主張をしている生徒を哀れみを込めた視線で見送りながら、自分の番が来るのを待つ。

「あ、アッシュ・レーベンさん！　は、は、入ってください！」

そんなことをしていると担任の怯えた声が聞こえてきたので教室に入った。

「こ、こちらが点数表です！」

「はい」

担任は震えながら点数表を渡し、俺はそれを受け取りその場で点数を確認する。

（……去年と比べてかなり点数が上がってるな。フィーネに勉強を教えたからか？）

俺の座学の点数は想定していたものよりも遥かに良いものだ。

友達に教えると自分の成績が良くなるって話があったけどあれは本当だったんだなあと感じていると、担任の顔は凄く青ざめたものとなっていた。

「あ、あの、アッシュさんはこの試験結果に納得しておられるでしょうか……？」

「え？　まあ去年より成績は上がってますから納得してますし満足もしてますよ」

俺がそう返事をすると担任は胸を撫《な》で下《お》ろす。

ああ、この教師は俺が他の反発している生徒と同じように詰め寄ってくるのを恐れていたのか。ならばさっさと立ち去ることにしようか。

「では失礼いたします」

「は、はい！」

そうして教室を出た俺はそのまま校舎を出ようとする。

「聞いたか？　今回の座学試験の全教科で満点を取った生徒がいるらしいぜ？」

「まじかよ。満点なんて史上初じゃないか？」

全教科で満点？

フィーネのステータスをカンストさせると、二週目以降に総合実力試験で満点を取るというイベントが発生するが、今の彼女に全教科満点は不可能だろう。

「しかもその子、一年生らしいぜ？」

「すげえな、とんでもない天才じゃないか」

一年生、となると絶対にフィーネではないな。

しかしあの試験はそれなりに難しいもので、一教科でも満点を取るのは厳しいだろう。

それこそ前世の知識でもなければ――。

……その一年生、俺やエリーゼと同じ転生者だったりしないか？

そんな考えが頭をよぎり不安に駆られながらも、その噂話をしている生徒たちに話しかけたらあの担任と同じように怯えられそうなので、そのまま校門をめざすことにする。

「あ！　アッシュさーん！」

学院を出るとすぐにフィーネが明るい声で俺に駆け寄ってきた。

……アッシュという名前に周囲の生徒が全員俺から目を背けたような気がするが、それについては考えないことにしておこう。

「フィーネ、結果はどうだった？」

「ふふ、見てください！」

フィーネはふんすとドヤ顔をしながら、点数が書かれているであろう折り畳まれた紙を俺に突き出す。

これは見てくれということだろうか？

そう捉えることにした俺は早速紙を開いて中身を確認した。

「お、おお？　魔法理論の結果もかなり良くなってるじゃないか！」

「えへへ、ありがとうございます」

俺は予想外に良い結果を見て彼女の頭を撫でる。

フィーネの点数表は前回のものよりもかなり上がっていた。

力を入れた、歴史などの暗記系以外の教科の点数も全体から見るとかなり良い。

レベル上げの時もそうだったが、主人公ということもあってかやっぱりフィーネは物覚えがいいな。

「はい！　これもアッシュさんが効率的な勉強の仕方を教えてくれたおかげです！　本当にありがとうございました！」

そのフィーネは嬉しそうにしながらそんなことを俺に言ってきた。

……効率的な勉強の仕方？

あー、そういえば「理数系はやる気がない時に勉強しても意味がない」とか何とか言ったような……？

「いやいや、これはフィーネが努力した結果だよ」

「でも――」

「それに俺も君と一緒に勉強したおかげで成績が上がったからさ。むしろ感謝したいくらいだよ。そうだ。お互い良い点数だったしどっか外に食べに行かないか？」

「でしたらその、雑貨屋にも連れて行ってくれませんか？」

「雑貨屋？　構わないけど……」

「でしたらすぐ行きましょう！」

俺の返事を聞くとフィーネは一層明るい笑みを浮かべる。

フィーネがこんな反応をするということは、その雑貨屋は何か有名なブランド店だったりするのか？

……一応いつも財布には多めに金を入れてあるけど足りるかな。

そんな不安に駆られつつも、とりあえず先に雑貨屋に行きたいというフィーネの要望を受け、俺たちは王都の大通りへと向かった。

「あれ？　ここでいいのか？」

「はい。あの、何かダメだったでしょうか？」

「や、そんなことはないんだけど……」

フィーネに連れられて訪れたのは、本当にごく普通の町の雑貨屋だった。

棚に陳列された商品もその価格も普通で、彼女があある明るい笑顔を浮かべた理由が分からない。

「本当にここでいいのか？　その、もっと有名なブランドでもいいんだぞ？」

「ダメになった調理器具や食器を補充するためですからここで大丈夫ですよ」

「そ、そうか……」

そう言って機嫌良さそうに商品を眺めるフィーネに俺の疑問はさらに膨らむ。

「あっ、アッシュさん。これとこれ、どっちが好みですか？」

そんなことを考えているとカゴを持ったフィーネが、値札が貼られた二種類のコップを持って俺に尋ねてくる。

右手には安めの木製のコップ、そして左手にはお高めのガラス製のコップ。

「んー、ガラスのコップかな」

「分かりました。……というかここはわたしじゃなくてアッシュさんが選ぶべきですね。お屋敷の物を買い換えるために来たわけですから」

「あー、んー、分かった」

多分、いや絶対フィーネに選んだもらった方が良いと思うのだが、仕方なく彼女からカゴを渡された俺は店内の雑貨を見る。

「ところで買い換え必要なものって具体的にはどれなんだ」

「正直に言いますと全部です。どれもこれも殆ど使ってなかったからボロボロで。今はまだわたしの魔法で何とか使えていますけどそれもいつまで保つか……」

うっ、これも屋敷の管理をおざなりにしていたツケか。

というか思い返してみると、掃除をした時に出てきた食器や調理器具はどれも汚れてたな……。

まさかフィーネが毎回魔法をかけて騙《だま》し騙《だま》し使えるようにしていたとは。

俺は彼女への申し訳なさを感じながら、とりあえずこの雑貨屋に置いてある食器や調理器具を全種類買っていこうと覚悟を決める。

配達については店主に頼んで業者にやってもらったらいいだろう。

で、選ぶ商品だが……。

「野菜やフルーツのカット機能付きの鍋か……。これは便利そうだな」

「え？」

「全自動再塗装機能付きか。これも便利そうだ」

「あの……」

「へー、ここが変形して勝手に包丁を研磨してくれるのか。面白そうだな」

「あの、アッシュさん……？」

「ほほー、可変機構付きの――」

「アッシュさん。ストップ」

目についたお高く便利そうな物をカゴに入れていると、フィーネが俺の肩に手を置く。

振り向くと彼女はとっても怖い笑顔を浮かべていた。

「アッシュさん。面白そうとかそんな理由だけで選んでますよね？」

「い、いや？　便利そうなものを選んでいるつもりですよ？　例えばこの自動研ぎ機構付きの可変包丁とか」

「それは砥石があれば十分ですよね？」

「はい」

「戻してきてください」

「………はい」

それから俺はフィーネ先生に計画性を持って買い物をするようにとのお叱りを受け、彼女の指導を受けながら改めて商品を選び直すことになったのだった。

「お待たせしました。ランチのポークソテーセットとオムライスセットです」

「あ、ポークソテーセットは俺です」

雑貨屋での買い物というかお勉強を終えて腹を空《す》かせた俺たちは、ちょうど近くにあったカジュアルフレンチのレストランに入りランチメニューを注文した。

席について注文してから少ししてフロアスタッフが料理を運んでくる。

俺が頼んだのはポークソテーとキノコのスープにバゲットのセット、フィーネが注文したのはオムライスとコンソメスープにサラダのセットだ。

「それではごゆっくりどうぞ」

料理を並べ終えると伝票をテーブルに置き、一礼してから他の客のもとへ向かう。

「……今さらですけど、あの点数で総合実力試験で成績上位に入れたりしますか？」

ポークソテーを切り分けていると、今さら不安になったのかフィーネが聞いてくる。

「心配しなくても大丈夫だよ。明日の魔法・剣術実技試験でちゃんと力を出せれば余裕で成績上位に入れる」

「そ、そうですか……？　だと良いんですけど……」

「心配するなよ。俺たちはあの四騎士様に決闘で勝ってるし、ダンジョンもクリアしてるんだ。だから今日はもう余計なことを考えずゆっくりと体を休めておきな」

今のフィーネのレベルはこの学院全体で最上位であり、残る総合実力試験の内容を考えると、ここで彼女が不安になる必要はないのはたしかだ。

「……分かりました。なら不安になるのはやめておきます」

フィーネはそう言うと、ようやく自分が注文したランチを食べ始める。

「いや、それにしてもフィーネ先生がいなかったら、あの雑貨屋で財布がすっからかんになってたよ。ありがとう、助かったよ」

「本当に気をつけてくださいね。あんな買い方をしていたらいつか破産しちゃいますよ」

「分かってる。これからはちゃんと気をつけて買うよ」

しかしこうして話しているとあれだな。

「フィーネは何というか、お母さんというか奥さんみたいだな」

「ふえっ⁉」

「家事は完璧だし、財布もちゃんと管理してくれるし、フィーネをお嫁さんに貰う人は絶対幸せ者だよ」

そしてそんな機会を手放してしまうとは、アルベリヒ王子たち四馬鹿は本当にもったいないことをしてしまったな。

そう思いつつ切り分けたポークソテーを口に運ぼうとして――。

「お、お嫁さん……。わたしが……」

見るとフィーネは耳を赤くしながら俺が言った言葉を繰り返し呟《つぶや》いていた。

やっべ、今のセクハラだったか⁉

というか、これまでもセクハラと思われるようなことをしてきたんじゃ……！

フィーネの反応に、俺は冷や汗をだらだらとかいて食事どころじゃない状態にある。

「不愉快な思いをさせて悪い。配慮が足りなかった。本当に、本当にごめん！」

「い、いえ！　気を悪くしたわけじゃありません！　ただ……」

「ただ？」

「とにかく気にしないでください！　わたしは本当に不快な思いをしていませんから！」

「そ、そうか……」

本当に彼女が言う通りだったら良いのだが。

そう思いつつ改めてポークソテーを口に運ぶ。うん、美味いな。

「共和国の件、聞いたか？　相当荒れてるらしいぞ？」

「革命を起こした方も起こされた方も、当事者が全員あの世だからな。今も新しい勢力が湧いて出てきて抗争が続いてるらしいし、行商には暫《しばら》く行けないな」

真後ろの席に座っている商人たちから何だか妙に物騒な話が聞こえてくる。

共和国。南方の国で近年まで王政だったが、当時の国王への反発から革命が起きて、それ以降ずっと荒れていると聞いていたが。

この話は『キズヨル』には出てないからよく分からないんだよなあ……。

俺はぼんやりとそう考えながら意識を目の前の食事に向けることにしたのだった。

「わたしがお嫁さん……えへへ……」

第八章　総合実力試験

「皆さん、本日の魔法・剣術実技試験は全クラス合同で行います！　事前にお渡しした番号と案内に従ってコロシアムで実力試験を受けてください！」

座学試験の結果発表が行われた翌日、俺たちは総合実力試験の魔法・剣術実力試験を受けるため、臨時に設けられた受験番号の配布場所へ来ていた。

王立魔法学院では前世の中学、高校で行われるような定期テストはないが、その代わりにとても重要視されている特別なテストが行われる。

それが年に二度、夏と冬にそれぞれ五日間かけて行われる総合実力試験と呼ばれるもので、まず生徒の学力や知識を問う座学試験を三日間かけて行い、四日目にはその結果発表、そして五日目には魔法・剣術実力試験というものが行われ、各々の魔法や剣術の才能を騎士団や宮廷魔術師に見守られながら測定することになっている。

そしてこの試験で優れた成績を叩《たた》き出《だ》して騎士団や宮廷魔術師の目に留まれば、卒業後に色々と便宜を図ってもらえるようになるのだ。

そのため、これらの実力試験は今後の人生を左右する重要な『儀式』という側面も持っていた。

さて、この魔法・剣術実力試験は全学年全クラス合同で行うため、その日の授業は丸ごと休みとなり、さらに王立魔法学院では珍しく全生徒の出席が義務付けられていることから、一日中学院に拘束されることになる。

そしてそれが意味するのは……。

「……おい、あれがアルベリヒ様を叩きのめしたっていう……」

「……あいつ、全身に血を浴びながら笑ってたらしいぞ……」

「……こ、こわい」

「はあ……」

つまり丸一日ずっと、この化け物を見るような視線に晒《さら》され続けるというわけだ。

というかどんどん噂《うわさ》に尾鰭《おひれ》がついていっていないか？　お前らの目には俺はどんな殺人モンスターに見えているんだ？

「おーい、アッシュ！」

と、そこで能天気な声で俺を呼ぶ声が聞こえてくる。

声が聞こえた方を見ると、そこにはイアンの姿があった。

「よお、イアン。番号何番だった？」

「魔法が一九〇番、剣術が一〇五番だったよ。お前は？」

「魔法が四二三、剣術が四四一。どっちもだいぶ後ろの方だな」

王立魔法学院の生徒数は全学年合わせてたしか五〇〇人程度のはずだ。

それを考えると、魔法も剣術も四〇〇番台となってしまったのはかなり運がない。何せ実力試験が終わるまでずっとコロシアムから離れられないのだから。

「はあ、ついてねえ……」

幸先《さいさき》の悪さにため息をつきながら、ついでに辺りを見回してみる。

……フィーネの姿は見当たらない。もう番号札を受け取ってコロシアムの中に入ってしまったのだろうか。

「アッシュ、とりあえず入って良い席確保しとこうぜ」

魔法・剣術実力試験では、自分の順番を待っている生徒は観客席で他の生徒の実技を見ることになっている。

そして〝袖持ち〟の生徒の中でも派閥を形成できるほど有力な貴族家の生まれの生徒は、新しく自派閥に迎える生徒を吟味しているそうだ。

「……そうだな。あ、ついでと言ったら何だけど四〇〇番台が呼ばれたら起こしてくれよ。それまで寝てるから」

「見なくていいのか？」

「真面目に見てたら嫌な視線も目に入るから」

「あぁー、そういうことか。でもオレの活躍はしっかり見ててくれよ」

「分かってるよ」

そんなことを話しながら俺たちはコロシアムの観客席側の入り口へと向かう。

……やっぱりいないな。

最後にもう一度振り返ってフィーネの姿を捜してみるが、人混みの中にあの特徴的な桃色の髪を見つけることはできず、俺は「やっぱりもう中に入ってしまったのだろう」と考え、大人しくコロシアム内に入っていくのだった。

※　※　※

「これより魔法実力試験を開始します！　一番から一〇〇番までの方はコロシアム中央の闘技場前に集まってください！」

教師の呼び声を受けて既に中央闘技場付近で各々の派閥だったりグループだったりに分かれていた一〇〇人の生徒が一斉に集まりだす。

「おい、アッシュ。あの子、フィーネちゃんじゃないか？」

そこで周囲の視線を無視するために、観客席の最上部で鳥でも数えようとしていた俺の肩をイアンが叩く。

そう言われてイアンが指差す方向を見ると、そこにはたしかにフィーネの姿が。

あの位置的にフィーネは五十番台くらいだろうか？

などと考えていると、魔導具により拡声された教師のアナウンスがコロシアム中に響き渡る。

「それではこれより魔法実力試験を開始します！　一番の方から順に的に魔法を放ってください！」

午前中に行われる魔法実力試験は、それぞれが得意とする魔法を宮廷魔術師が用意した特殊な魔法防御を施した魔物型の的に当てるというものだ。

またこの試験はあくまでも実力を図るためのものであるから、使用する杖《つえ》はすべて学園から貸し出されたものとされている。

「『ファイアーボール』！」

「ウィリアム・アレッタ、六五点！」

そして今のように的に向かって魔法を放った後、試験官にその魔法の威力や鮮やかさ、発動までのスピードなどから一〇〇点満点で点数をつけられ、そこでようやく魔法実力試験は終了となるのだ。

しかしこの魔法実力試験で見られる魔法というのは、ゲームやダンジョンでモンスターが使う実践的な魔法に比べると、派手ではあるが非効率的なものばかりで学べるようなものは全くない。

まあそれでも、この国で魔法を扱える同年代の人間として見れば上澄みな方なのだろうが。

「お、フィーネちゃんの番だぞ！」

そうして暇な時間を過ごしているとフィーネの番が回ってくる。

ゲームだと、『聖魔法』で発生させた光の粒子を的に纏《まと》わせることで高得点を稼いでいたが……。

「はあっ！」

フィーネが杖を的へ向けると空中にいくつもの魔法陣が出現し、そこから的の姿が見えなくなるほどの光の奔流が発生する。

「フィーネ・シュタウト！　九五点！」

「おいおい、九五点って歴代最高得点じゃね？」

「あ、ああ、多分そうだったと思う」

たしかゲームでレコンが五属性の魔法を組み合わせた攻撃を披露した際の点数が九一点で、その時に「王立魔法学院始まって以来の最高得点」とモブキャラたちが話していたのを覚えている。

それを考えるとフィーネの九五点という数字は相当なものだと言えるだろう。

実際周囲も、フィーネが披露した未知の魔法とそれに対する点数に相当ざわついている。

というか、俺がしたのってレベリングくらいだったから、あれはフィーネが自分自身で会得した魔法なのか。本当に凄《すご》いな……。

彼女の努力の成果に心の底から感嘆していると、俺の姿を見つけたフィーネがVサインを送ってくる。

いやはや、フィーネが俺の知らないところで努力をして、あれほどの魔法を扱えるようになっていたとは知らなかった。

これはお祝いと称賛を兼ねて何か買って帰るかな。

「一〇一番から二〇〇番までの生徒は闘技場前に集合してください！」

「オレの番だな。期待して見てろよ」

「ああ。応援してるよ」

そこで場内アナウンスが鳴りイアンは席を立つ。

さて、あいつはあの訓練で一体どこまで成長したのか。しっかりと確認させてもらおう。

「や、やっと来られました……」

それから暫《しばら》く地味な魔法が続き、うたた寝をしていると、よく知った声が聞こえてくる。

どうやらここへ来るまでに宮廷魔術師などに散々呼び止められたらしい。

まあ、あれほど美しい魔法を披露したのだからそれも当然と言えるが。

「お疲れ、フィーネ。それと史上最高得点おめでとう」

「あ、ありがとうございます。でもこれもすべてアッシュさんが鍛えてくれたおかげですよ」

「いやいや、俺が教えたのはレベリングの仕方くらいだから、あれは間違いなくフィーネの努力の成果だよ」

「そ、そうですかね……？」

そんなことを話している間に闘技場にイアンが現れる。

あいつは柄にもなく緊張した様子で学院の貸出品である両手杖を掴《つか》むと、的の周囲に竜巻を発生させた。

「あの魔法は？」

「風魔法の『ウインドロック』。効果は竜巻で獲物を拘束するってものだ」

イアンは風属性の魔法を最も得意としている。

そして『ウインドロック』は応用魔法として扱いこなすのが難しく、それでも使いこなせれば様々な用途で利用することが可能だ。

単純に敵を拘束したり、あるいは継続的なダメージを与えたり、さらには威力を調整してより高い場所へ荷物を運搬したり、といったこともできる。

しかしこの手の応用魔法は、応用魔法であるが故に習得したての者がこの手の試験で使用することが多く、そのため採点する者の目は初級魔法を使う時よりも厳しいものになると言われている。

だがその懸念はイアン・モーレフという男には不要なものだ。

あいつが魔法を変化させ始めると、観客席に座る一部の生徒や宮廷魔術師がざわつきだす。

イアンが放った『ウインドロック』は魔物型の的を闘技場の上空へ吹き飛ばすと、溜《た》め込《こ》んでいたエネルギーを解放するように無数のつむじ風と化し的を切り刻む。

そして『ウインドロック』を維持するための魔力が消失したことで、魔物型の的の残骸は闘技場があった場所に真っ逆さまに落下した。

「おお、あの若さでここまでの応用を……！」

「すげえ……！」

「あの子、何者⁉」

「イアン・モーレフ、八〇点！」

「うしっ！」

それに続いて観客席からはその華麗な魔法に対する歓声が起こる。

現時点でフィーネに次いで二番目に高い点数を叩き出したイアンはガッツポーズを取る。

というかフィーネの脅威の九五点と比べると低く感じてしまうが、八〇点でもここ十数年で最高得点だ。

それから少しして観客席に戻ってきたイアンは、満足した様子で俺の肩を組んで話しかけてくる。

「よお、アッシュ！　やってきたぜ！」

「お疲れさん。訓練の成果はばっちり出てたな」

「ああ！　これもお前に鍛えてもらったおかげだよ！　つかあんた、もしかしなくてもフィーネ・シュタウト嬢だよな？」

「えっと、はい。そうです」

「そうかそうか、オレはイアン・モーレフ。モーレフ準男爵家の長男であんたの弟弟子だ。よろしく！」

「は、はあ。あの、弟弟子というのは……？」

「お互いアッシュを師匠にしてるからフィーネ嬢はオレから見たら姉弟子だろ？」

「あの、アッシュさん、これはどういう……？」

俺はため息を吐いてイアンの頭を軽く叩く。

「おいこら、いきなりそんな風に説明されても混乱させるだけだろ」

「ててて、そうだったな。ごめんな、フィーネ嬢」

そう言って俺とイアンは、フィーネに師匠と弟子云々《うんぬん》の話の詳細を説明し始める。

――事の発端はコロシアムでの決闘の翌日、アルベリヒ王子たち四馬鹿の敗北の衝撃が学院中に伝わり動揺が本格化し始めた時のことだ。

『頼む！　次の魔法・剣術実技試験まで俺に魔法の稽古をつけてくれ！』

何とイアンは土下座して俺にそのようなことを頼み込んできたのだ。

イアンは先の決闘の結末を知っているはず。それなのに普段通り馴《な》れ合《あ》うどころか稽古をつけてほしいと頼み込んできたのだから、その時は正気を疑ったし、実際その場で「保健室に連れて行こうか？」と思わず聞き返しもした。

しかしイアンは「男として本気で頼み込んでいる」と土下座を止めず、俺も「そこまで言うのなら……」と彼の申し出を受け入れることになったわけだ。

だが俺は特別魔法の才能に優れているわけではない。そりゃレベルとステータスは作中ボスと比較して上の方ではあるが、言ってしまえば俺にあるのはそれだけだ。

実技試験までの残り僅かな期間でフィーネのように自分を大強化することは不可能。

とはいえ教えられることがないわけでもない。

レコンルートの中盤、賢者を目指すレコンと伝説の大賢者が残した秘伝の書を読むため、それが隠されたダンジョンに挑むというエピソードがあるのだが、そこで読める書物の内容は『魔法とは発動者の想像力がすべて。最高の魔術師とは即《すなわ》ち最も優れた想像力を持つ者である』という、これまでの苦労は何だったのかと思わせるモノだった。

しかしこれはある意味で本質を突いていたのだと、この世界で実際に魔法を使ってみて俺はそのことを強く実感することになる。

例えば初級火魔法の『ファイアーボール』などは、何も考えずに使用しただけではただ火の玉が杖から飛ぶだけだが、『分裂した火の玉が高速で目標に飛んでいく』と強くイメージしながら使用すると、その通りの結果を生む。勿論《もちろん》消費する魔力量は前者よりかなり増えることにはなるが。

だがこれは逆に言えば、相応の魔力量を得てイメージトレーニングをすれば、短期間でも魔術師として強くなることができるかもしれないということ。

というわけで俺は、フィーネの時と同じように秘匿領域産の剣を貸してイアンのレベリングをして元々の魔力の総量を上げつつ、レコンルートの『秘伝の書』に則《のっと》って魔法に関するイメージトレーニングを行うよう指示した。

そしてこの一連の修行の結果が、先ほどイアンが魔法実力試験で披露した『ウインドロック』というわけだ。

そしてこのトレーニングは俺にとっても非常に意味のあるものとなった。

「四〇一番から五〇〇番までの生徒は闘技場前に集合してください！」

「と、もう俺の番か」

「期待してるぜ、アッシュ師匠！」

「が、頑張ってください！」

「ああ、まあやれるだけやってくるよ」

フィーネとイアンの激励にそう応えると、俺は案内された通り闘技場前へと向かう。

さあて、今度は俺があのトレーニングの成果をお披露目《ひろめ》するとしますか。

「う、『ウォーターレーザー』っ！」

「シシリー・マグドレア、四三点！」

俺の一つ前の番号の女生徒は酷《ひど》く怯《おび》えた様子で的に向けて水の初級魔法『ウォーターレーザー』を発射するが、それはお世辞にも魔法と呼べるものではなく前世の子供向けの水鉄砲のようなものだった。

しかしそれでも四〇点貰《もら》えたのは恐らく後ろにいたのが俺だからだろうな。

「で、では次！　四二三番アッシュ・レーベン！」

「はい」

なんて呑気《のんき》なことを考えながら他の生徒の魔法をあくびをしながら見ていると、教師が俺の番号を呼んだのでアルベリヒ王子との決闘以来久しぶりにコロシアムの闘技場へと向かう。

「そ、それではこの魔物型の的に得意な魔法を放つように！」

「分かりました」

明らかにビビっている教師に辟易《へきえき》しながらも、俺は貸し出された両手杖をしっかりと摑みながら空を見上げる。

このコロシアムにいる人間はアーティファクトだか何だかで保護されている。なら全力でやっても大丈夫なはずだ。

俺は上空の気象を確認すると、杖に埋め込まれた水晶の魔力操作を向上させる効果を意識しながら、風魔法と火魔法と水魔法を発動して鍋をかき回すように天をかき回し雲を集めていく。

やがてコロシアムの上空は真っ黒な雲に覆われ、その規模はやがて王城やラストダンジョンの魔王城を優に越えるほど巨大なものとなっていった。

「な、なんだよこれ⁉」

「空が真っ黒に……！」

「あ、なんだよこれ……」

「女神様、どうかお助けください……！」

観客席の生徒たちはその光景に怯え、ついには神頼みする者まで現れる。

うーん、この規模の積乱雲だと六割くらいの威力しか出せないんだけど、これ以上この場の混乱が酷くなる前にぶっ放すしかないか……。

俺は突き上げていた杖を目標の的に向けて振り下ろす。

それと同時にコロシアム上空の黒雲から光が放たれ、視界を完全に奪う。

続いて今度は鼓膜を破壊しかねないほどの音が鳴り響き、それらが収まる頃には一転してコロシアムの上空は晴天となり、そして場内は静寂に包まれる。

「的を交換せよ」

緊張と恐怖で教師も試験官も観客席も沈黙している中、最初に口を開いたのは、試験官として参加していた老練の宮廷魔術師だった。

「こ、交換ですか？　一体なぜ……」

「見て分からんか？　その的はとっくに使い物にならなくなっておるぞ」

老魔術師の指摘を受けて、試験官は自己防御魔法を発動しながら的に手を触れる。

その瞬間、的はその僅かな衝撃にも耐えられず、砕けて粉々となりその場に散乱してしまった。

あ、あれ？　ゲームだと結構な攻撃を受けても耐え抜いていたから、破壊は不可能だと思っていたんだけど……？

「ま、まさか……！　あの的には宮廷魔術師が数人がかりでも破壊できないような特殊な魔導障壁が……」

「しかし実際に破壊されておるのだ。たしか予備に製造された的があったはずだ。残りはそれを使って行えばいい」

「かっ、かしこまりました！」

そうして慌ただしく動き始める試験官たちの中で泰然と構えていた老魔術師に、俺は恐る恐る肝心なことを聞くために声をかける。

「あ、あの……、ところで俺の点数は……？」

「満点だ。あれほどの大魔法をたった三属性で発動してみせる者など過去に例がない。お主、卒業後には宮廷魔術師になってみぬか？　これは冗談などではなく本気で言っておるのだぞ」

「あ、あはは。か、考えておきます……」

それは紛れもなく最大級の賛辞だった。

的を破壊してしまったことで失格と言われることを覚悟していたから、正直かなり驚いているが、褒めてもらえるのならとりあえず良しとしよう。そう考えながら俺は半笑いで老魔術師に返事をした。

「あっ、アッシュ・レーベン、一〇〇点！」

老魔術師の言葉を受けて教師は、遅れて俺の点数を声高らかに宣言する。

かくして俺の魔法実力試験は少なからず混乱を生みながら終結したのだった。

「アッシュさん、満点おめでとうございます！　凄い魔法でしたよ！」

「ああ。ありがとう、フィーネ」

午前の魔法実技試験が終わり一時解散となった後、俺たちは学食でサンドイッチなどを購入し人目につかない場所で昼食を取ることにした、のだが……。

「くそ、上位三位には入れるかと思ってたのに……」

フィーネが屈託のない純粋な、まるで天使のような笑顔で俺を称賛する一方、イアンは魔法実技試験の結果に苛《いら》ついていた。

史上初の満点を俺が叩き出したことでイアンの順位は落ちてしまったわけだが、それでもその時は全学年中三位という結果にあいつは満足していた。

しかし最後の最後、五〇〇番の生徒、それも一年生がイアンを上回る九〇点の魔法を披露し順位が四位にまで落ちてしまったのだ。

それでも前年は三十番台だったという〝袖なし〟が、現時点で成績上位五人に入れているのだから十分に大躍進と言えるのだが、どうやらイアンはこの結果に満足していないようだった。

「……なあ、今さらだけど、何で急に『魔法実技試験の稽古をつけてくれ』なんて言ってきたんだ？」

「恥ずかしい話だけどオレの実家、まだ跡継ぎが決まってないんだよ」

「最初に会った時にモーレフ家の長男と言ってなかったか？」

「ああ、オレは間違いなくモーレフ家の長男だよ。だけど今、ウチは分家の爺《じい》さんに乗っ取られつつあるんだ」

　イアンの話によると、モーレフ家の分家、カフス・モーレフ家の当主は宮廷魔術師として出世街道を歩んでおり、モーレフ家の一部の野心的な家臣たちは底辺貴族である将来性のない現当主を隠居させて、将来有望なカフス・モーレフ家の当主を次期当主に迎えようと画策しているらしい。

　そしてそのカフス・モーレフ家の当主、ゴルド・カフス・モーレフ本人もまた本家を乗っ取ることに積極的になっているとか。

「別にオレは平民になってもいいんだ。だけどゴルドは……、まだ一〇歳のオレの妹を自分の嫁にしようとしている。春に領地へ帰省した時、妹はオレに泣きついてきたんだ、嫁に行きたくないって……！」

「なるほど。だから将来有望な生徒として注目されて、そのゴルドとやらと家臣たちの企てを阻止したかった、と。でも総合実力試験で今のところ上位五人に入れたんだから、目的は達成できたんじゃないか？」

「いやゴルドに付こうとしている家臣たちの目を覚まして妹を守るにはもっと力が、功績が必要なんだ……！」

「モーレフさん……」

妹のため、そう言って拳を強く握りしめるイアンをフィーネは心配そうな顔で見る。

……分家が本家を乗っ取る、それ自体は別に珍しいことではない。領地持ちならなおさらだ。

領民からすると、上流階級とは縁のないぼんくらな領主より将来有望な人間を新たな領主に据えてより良い生活を送りたいだろうし、家臣からしてもそれは同じだろう。

それにゴルドたちが取ろうとしている手段は全くもって合法だ。

一〇歳の娘を娶《めと》るということについても、貴族からすれば本家の血を残すという慈悲の現れと捉えられ、すんなり受け入れられる。

そして何よりも致命的なことは、ゴルド派の家臣たちを排除できるほどにはイアンの父親は家臣から慕われていないということだ。

ゴルドを新たな当主に迎え入れたいという人間は、イアンが想像している以上に多いと見た方が良さそうだ。

しかし功績、か……。

「悪い、つまらない愚痴を聞かせて。アッシュ、お前がいなければ四位に入ることなんてできなかった。本当に感謝してるよ。ありがとう」

そこでイアンは話を打ち切ると俺たちに頭を下げる。

「あの、モーレフさん。わたしにできることがあれば――」

「フィーネちゃんも気にしなくていいよ。これはオレの問題だから。それと空気悪くしてごめんな、午後の剣術実技試験も頑張ろうぜ」

そう言ってイアンは俺たちのもとを去っていく。

「……アッシュさん。モーレフさんのためにわたしにできることは何かあるのでしょうか……」

知り合ってすぐの相手のことをここまで思いやれるとは。

いやはやフィーネのヒロイン力、いや天使力は凄《すさ》まじいな。……これはこれで誰かに騙《だま》されたりしそうで不安になってしまうけど。

「……ないわけでもない、けど」

「？」

「あいつはまだ自分の力で何とかしようとしている。ゴルドとやらの乗っ取りも今日明日の話じゃないだろうし、今は純粋に応援してやった方がいいんじゃないかと俺は思う」

「そう、ですね。わたしもそうしようと思います」

『まもなく剣術実力試験が始まります。全生徒はコロシアムに集合してください』

と、そこで風魔法を使って拡声されたアナウンスが校内に響き渡る。

「それじゃ、イアンが言ってた通り午後の部も頑張ろうか」

「はいっ!」


午後から行われる剣術実技試験では生徒は学院が用意した剣を使い、一定の耐久値が設定された防御結界に守られながら、全身甲冑《かっちゅう》を装備した模擬戦闘用のゴーレムと一対一で戦うことになる。

決着はどちらかの結界か武器が破壊されるか、あるいは生徒が降参を宣言するかのいずれかで着き、採点は勝敗と試合内容で決められるという。

そしてこの剣術実技試験では一切の魔法の使用が禁止されているのだ。

つまり本試験で問われるのは、生徒個人がいかにその武器を理解しているのかという点と剣の技量と身体能力面での実力ということになる。

と、まどろっこしい言い方をしたが、ゲームでのこの実技試験は素直にシナリオを進めていたらクリア判定になる楽なものだった。

魔法・剣術実技試験は共に共通シナリオの一年生時にのみ発生するイベントで、各攻略キャラと普通に交流していれば剣技習得イベントが直前に発生して、そこでゴーレム特攻の技を習得できるし、魔法実技試験に至っては、攻略キャラの誰かとある程度友好度を稼げていれば、スチルだけ表示されて終わってしまう超簡単なイベントだ。キャラ交流縛りなどの初周鬼畜難度バッドエンド直行プレイをしている場合は別だが。

「それでは次、一八番！　サラサ・エンフォーサー、前へ！」

「……ぁぁ、いちいち騒ぐな。そう言われなくても分かっている」

そんなことを考えながら、今回も寝たふりをして周囲の視線が視界に入らないようにしつつ問題を解決する方法を思案しようとしたのだが、俺含めて全生徒並びに教師や試験官の注目は、闘技場に現れた一人の小柄な女子生徒へ向けられることになった。

ボサボサな紺色の髪、制服も着崩した……というよりそもそものサイズが合っていないのではないかと思ってしまう恰好、女児と勘違いしてしまいそうなほど小柄な体格、そして明らかにやる気のない態度。

たしかに容姿こそ魔法学院には珍しいが、彼女が注目されている理由は別にある。

「あの子、すげえよな。座学は満点で、魔法実技試験でも一年生で九〇点を叩き出すなんて」

「あの水魔法と氷魔法を使った攻撃の嵐は凄かったよなあ」

「エンフォーサー家なんて貴族、聞いたことある？」

「噂じゃ超ド田舎で、領民も数えるくらいしかいない村の領主だとか……」

今闘技場にいる彼女、サラサ・エンフォーサーは座学試験では全校一位、午前の魔法実技試験では九〇点を与えられるほどの魔法を披露し上位三位に入ったことで、期待の新人と注目されていたのだ。

……サラサ・エンフォーサー、やっぱりゲームには登場していなかったキャラだな。

ゲームの魔法実技試験はフィーネと攻略キャラが上位を独占し、六位以下のキャラについては触れられていなかったから、イアンと同じようにモブキャラの中にいたのかもしれないが……。

「皆さん、エンフォーサーさんに注目してますね……」

「毎年、魔法実技試験の最高得点は七〇点辺りなのに今年は九〇点以上が三人。しかもその内の一人は新入生だからこうなるのも当然といえば当然だな」

俺はフィーネと雑談をしつつサラサを注意深く観察する。

原作のストーリーから大きくかけ離れたこの状況、はたして彼女は俺やエリーゼと同じように転生者なのか、それとも四馬鹿がいなくなったことで日の目を浴びることになった『ただの天才』なのか。

「……ふむ」

サラサ嬢は教師から剣を渡されると、それをそのまま地面に置いて観察を始める。

その行動に観客席のギャラリーから「何をしているんだ？」という困惑の声が上がるが、程なくして彼女は何か納得するように頷《うなず》くと教師を振り向く。

「降参だ。私はペンより重たいものは持てない」

「なっ⁉　本気で言っているのか⁉」

「本気だ。そもそも私はここに魔法を学びに来た。剣で評価されたところで何の感慨にも浸れんよ」

そう言ってサラサ嬢は採点を待たずコロシアムを去ってしまう。

今思い返すと、彼女は午前の魔法実技試験でも貸し出された杖を持たずに魔法を使っていた。そしてあの小柄な体格、剣を扱えないというのは本当なのかもしれない、が……。

成績上位者表彰イベントを回避するためにわざと棄権して点数を落とした。その可能性も捨て切れないな。

仮に転生者だとしたらサラサ嬢の一連の動向は厄介ごとを避けているようにも思えるが、エリーゼのようにヒロイン乗っ取りを仕掛けてくるかもしれない。警戒しておくに越したことはないだろう。

「あの、アッシュさん？」

「ああ、ごめん。ちょっと考えごとしてた」

「……それってさっきのモーレフさんのお話についてですか？」

フィーネは真剣な顔でそう尋ねてくる。

……さて、どう返そうか。転生の話をしても理解されないだろうし、根拠もなくサラサ嬢をエリーゼ同様警戒すべきとも言えない。となると、ここは適当にごまかすとするか。

「いいや、考えていたのはフィーネのことだよ」

「うぇ⁉ わ、わたしのことですか？」

「魔法実技試験では二位。そんで剣術実技試験で高得点を叩き出せば色んなところからお誘いの声がかかるだろうなって」

「ま、またあんなことが……」

フィーネは俺の言葉を聞いてうんざりとしたような表情を浮かべる。

そういえば魔法実技試験の後に色々呼び止められて、随分とくたびれた様子で俺たちのところに来てたっけ。

……これは、かける言葉を間違えたかな？

『次、一〇五番イアン・モーレフ！』

「ほ、ほら！ イアンの番が来たから応援しようぜ！」

「そ、そうですね！」

と、ちょうどいいタイミングでイアンの番が回ってくる。

試験が始まると、イアンは貸し出された剣をゴーレムに向けて構え、相手が動き出すより先にその剣先を関節部に突き刺す。

「……モーレフさんの剣の振り方って何だか特殊ですね」

「モーレフ家に代々伝わる南山流っていう流派の剣技で、関節部を叩き斬ることで敵を無力化することに特化したものなんだとさ」

「へえ……」

イアンの突きにゴーレムは防戦一方となり、やがてその手から剣を離してしまう。

「イアン・モーレフ、八二点！」

「「うおおお!!!」」

次いで発表されたイアンの点数に会場は大いに沸き立つ。

「イアンなら自分の力で家の問題を解決できると俺は思うよ。器量もいいし魔法や剣の腕もいい。ゴルドとやらから妹を守ることだって不可能じゃないさ」

「そうですね……。わたしもモーレフさんを応援しようと思います」

俺とフィーネはイアンの実力を認識し、あらんかぎり称賛の拍手を送るのだった。

『四〇一番から五〇〇番の生徒は闘技場に集合してください！』

「ようやく俺らの番か」

「ですね。頑張りましょう！」

集合がかかったので俺たちは観客席から立ち上がると闘技場の方へと向かう。

「フィーネは何番だったっけ？」

「四四〇番です。アッシュさんは四四一番でしたよね？」

「ということはフィーネの活躍はすぐ目の前で見られるってことだな」

「な、何だか恥ずかしいですね……」

「……きみがアッシュ・レーベンか」

そんな雑談をフィーネとしていると、突然気だるげな口調で俺の名前が呼ばれる。

思わず会話を打ち切り声の主を探すがどういうわけか姿が見えない。

空耳なのではないかと思い、フィーネとの話を再開しようと考えたところで……。

「……下だ。下を見ろ」

「うおっ⁉」

言われて下を見ると、そこには手入れのされていない紺色の髪の少女が不貞腐《ふてくさ》れた顔でこちらを見上げていた。

というかこの子って……。

「もしかして……、サラサ・エンフォーサー、さん？」

「そうだ。それ以外の何に見える？　いや、それよりきみほどの人間が私一人を探すのに一体どれだけ時間をかけているんだ」

その小柄な少女、サラサ嬢はやれやれと呆《あき》れている。

「い、いや。まさか君から話しかけられるとは思っていなくて……」

「私もそのつもりだったが、あんな魔法を見せられたら話しかけないわけにはいかない」

サラサ嬢は不敵な笑みを浮かべ、さらに俺に詰め寄ってきた。

「きみが作り出したあの人工的に巨大な雷雲を発生させて超特大級の落雷を放つ魔法、あれはこれまで発表されてきた魔法理論にない全く新しい魔法だ。単に属性を組み合わせたり、一つの魔法を極めたりしただけでは再現することなど不可能だろうな。事象とそれに伴う結果、これを完璧にイメージできていなければあんな芸当はできない。さあ教えろ。あの魔法を生み出したきっかけは何だ？　きみの師は一体どこの誰だ？　それと――」

「あー、それは、えっと……」

「あの！」

途切れることがない質問の嵐にどう答えようか困っていると、フィーネが声を上げて俺とサラサ嬢の間に割って入る。

「きみは……、フィーネ・シュタウトか。きみのあの光の魔法にも興味があるが、今は彼への質問が先だ。邪魔をしないでもらおう」

「わたしたちは集合がかかっています。質問は後にしていただけないでしょうか」

「私は知りたいと思ったことはすぐに知りたいのだが」

「それはわたしたちが試験の集合場所へ向かうことを妨げる理由にはなっていません」

「ううむ……。難しいな……」

心なしか気が立っているような印象がするフィーネの言葉にサラサ嬢は考え込む。

「アッシュ・レーベン、残念だが今回はここで引き上げさせてもらおう。また会った時はじっくりと私の質問に答えてくれたまえ」

サラサ嬢はそう言ってぶかぶかの制服からはみ出した手をヒラヒラさせながら、俺たちの前から立ち去る。

「ごめんなさい。でしゃばったことをしてしまって」

「いやあ本当に助かったよ、フィーネがいなかったらどうなってたか」

「そ、そうですか。だったら良かったです」

俺が感謝を伝えると、フィーネは頬《ほお》を赤く染めて顔を背ける。

あの手の人間に絡まれるのはこれが初めてだ。

手を上げるわけにはいかないし、かといってわざわざ質問に付き合う時間も義理もない。

フィーネが助けにきてくれなかったら本当にどうなっていたか。

「と、駄弁《だべ》ってる時間はもうないな。フィーネ、走るぞ！」

「えっ、あ、そうですね！」

そう言って俺たちは急いで闘技場へと向かった。

「次、四四〇番フィーネ・シュタウト！」

「はい！」

番号が呼ばれフィーネは貸し出された剣を持って闘技場に上がる。

フィーネは深く息を吐くと、ゆっくりとゴーレムとの距離を詰めていく。

『……！』

先に動き出したのはゴーレムだった。

ゴーレムは右手に装備した片手剣をフィーネに向けて振り下ろす。

「……っ！」

それに対してフィーネは自分の剣で攻撃を受け流し、ゴーレムの武器は闘技場に叩きつけられ、地面に埋まってしまう。

「はあっ！」

フィーネは剣を抜こうともがくゴーレムの腕を踏み台にして高く飛び上がると、全身を甲冑で覆われているゴーレムの本体が唯一晒されている部分、鎧兜《よろいかぶと》の目の部分に剣を突き刺す。

頭部に剣が刺さったゴーレムは硬直し、膝から崩れ落ちる。

「フィーネ・シュタウト、九三点！」

教師が点数を叫ぶと場内で歓声が沸き起こる。

魔法と剣術、両方の実技試験で九〇点以上もの高得点を叩き出したのは相当久しぶり……というかあの最強王太子様以来の快挙だからな。

しかしそれより喜ぶべきは、フィーネのこの高得点に対してブーイングではなく歓声が起こったということだ。

四馬鹿、いやエリーゼを含めたら五馬鹿か。とにかくあいつらが宝剣を、正式な決闘とはいえ、事実上の単なる私闘に持ち出すなんて蛮行を働いたこともあったからか、生徒の中にはフィーネへの認識を改める者が現れつつあったが、今回の大活躍で殆《ほとん》どの生徒は彼らに続くことになるだろう。

「つ、次、四四一番！　アッシュ・レーベン！」

さて、ようやく俺の番か。

俺は軽く体をほぐしてから気合を入れ、新しい剣を装備したゴーレムが待ち受ける闘技場に上がった。

『…………』

ゴーレムは剣を構えながら、こちらがどう動くか様子を窺っている。

さて俺はどう動こうか。無難に剣で打ち合うのはつまらないしなあ。

ま、とりあえず一度全力で剣を振ってみてそれから考えるとしようじゃないか。

そう楽観的に考えた俺は全力で駆け出すと、ゴーレムに目掛けて剣を振り下ろす。

しかし相手は王立魔法学院が用意した特注のゴーレム、俺の攻撃を一瞬で見抜き回避行動を取ろうとする、のだが。

『ガ、ピ……──』

「え？」

ゴーレムは突然動きを止めると、その場で木っ端微塵《こっぱみじん》に爆散してしまったのだ。

……な、何が起こったんだ？　まさか再試験になるのか？　そうなったらどうしよう。

また何も考えず力任せにゴーレムを叩き割ってしまってもいいのか？

俺とギャラリーが困惑する中、試験官たちは協議を始める。

※　※　※

「おい、今何が起きたんだ？」

「分からない。一瞬あの生徒の姿が消えて、それからゴーレムが爆発したような……」

「ということは整備ミスか？　ならあの生徒には」

「――いや、その必要はあるまい。彼はたしかに己の実力だけでゴーレムを破壊してみせたのだからな」

「けっ、剣聖殿。それはどういうことでしょうか？」

「彼は剣圧だけでゴーレムを真正面から破壊した。あの年であんな芸当ができるとは、彼は将来有望な騎士になるぞ」

そしてようやく結論が出たのか、剣術実技試験の試験官代表は教師にさっきの試験結果を告げた。

「お待たせして申し訳ありませんでした！　ただいま採点結果が出ました。四四一番、アッシュ・レーベンは九九点とします！」

………九九点？

※　※　※

※　※　※

「それじゃまあ、全員良い結果を出せて試験を終えられたってことで乾杯！」

「「乾杯！」」

俺とイアン、そしてフィーネはそれぞれジュースや菓子などを持ち寄り、王都の俺の屋敷で簡素なものではあるが慰労会をしていた。

今回の総合実力試験で俺は主席、フィーネは二位、そしてイアンは四位と、全員が表彰式に招待される順位に入っている。

これは素直に喜んでいいことだろう。

俺は今回の結果にとても満足しながら、フィーネが揚げてくれたフライドポテトをつまみつつ、炭酸ジュースで口内の油を洗い流すという至福の時間を満喫する。

「それにしても本当に良かったよ。ここにいる全員が各試験と総合成績で上位五人に入ることができて」

「アッシュさんの修行があってこそですよ。ね、モーレフさん？」

「ああ。師匠の教えがなかったらオレは去年より成績が落ちていたと断言できるぜ」

そしてしみじみと今回の実力試験の結果について話すと、フィーネとイアンは俺を褒め始めた。

「よせよ。おだてたところで何も出やしないぞ」

「冗談じゃないさ。お前の修行のおかげで明後日の成績上位者表彰式に出られるんだからな。前にゴルドの話をしたよな？　今回の成績発表でゴルド派に勧誘されてた家臣の一人がオレのところに来てこう言ったんだ。『自分は若様についていきます』って」

「……分かった。ならその感謝は素直に受け取っておくことにするよ」

そう言いながらもう一度炭酸ジュースが注がれたコップを口につけ、イアンも語っていた総合実力試験成績上位者表彰式について考える。

この式典は貴族家の子女にとって一足早い本格的な社交界デビューという側面があり、

最後には見合いも兼ねたダンスパーティーが執り行われる他、宮廷魔術師や騎士、高級官僚などが多数出席して、将来有望な人材である成績上位の生徒に声をかけたり、あるいは逆に生徒側も出世街道を歩んでいる者たちとパイプを作ろうとしたりするなど、様々な思惑が動く場となっている。

そしてこの表彰式で俺とフィーネは勇者勲章を授与され、そして俺はさらに子爵の位に叙されることになっているのだ。

参加する面々は間違いなく常日頃から腹の内を探り合っている宮中の怪物たち。下手な失言をすれば後々大損失を招くことになるだろう。

……やめだ、やめ。ここで気が滅入《めい》るようなことを考えても、胃が痛くなるだけで何の得にもならない。

「ところでアッシュ、お前ダンスパーティーの正装はどうするんだ？」

「どこのっていうか王立魔法学院に入学する時に親父《おやじ》が兄貴のお古を送ってきたから、それを使うつもりだよ。丈も合ってるし」

「兄弟がいる生徒はそういうことができるわけか。あー、それにしてもやだなあ。燕尾服《えんびふく》を着てるとすぐに疲れるんだよ」

「それについては俺も同意するけど、愚痴を言ってもどうしようもないだろう？」

「だよなあ……」

成績上位者表彰式はこの国のトップである国王陛下が主宰される格式高い式典であり、暗黙の了解ではあるがドレスコードが存在する。

今回はなぜかエルゼス王太子が国王の名代として主宰するとのことだが、それでも位が高い式典であることに変わりない。

いくら息苦しくてもちゃんと正装で参加しないといけないだろう。

「……ぁ、あの。制服じゃ駄目なんですか……？」

そこでフィーネが恐る恐るといった様子で俺たちにそう聞いてくる。

「そりゃ王族がいらっしゃる式典だし、夜会の最後にはダンスパーティーも行われるからな。制服で出るとかえって目立つし反感も買うだろうから制服では参加しない方が……」

いや待てよ？　さっきのフィーネの台詞《せりふ》、ゲームでも聞いたことがあるような……。

「も、もしかしてだけどフィーネちゃん。ドレスとかって――」

「……持ってないです」

イアンが尋ねるとフィーネは恥ずかしさで顔を赤く染めながらこくりと頷く。

あー、そう言えばあったな。フィーネのドレス購入イベント。

総合実力試験も成績上位者表彰式も一年生の時に発生するイベントだからすっかり頭から抜け落ちてた。

たしかゲーム内だと、その時点で一番好感度が高いキャラと一緒に街へ行ってドレスを買うんだったか。

それはともかく、フィーネは原作と違い今回の式典で勇者勲章を授与されることが決定している。そんな重要な式典に制服で参加、というわけにはいかないだろう。

「……おい、アッシュ。どうするんだよこれ？　流石《さすが》に制服参加は……」

「……分かった。分かってるよ。どうにかするから」

俺はイアンと声を潜めて話し合うと、まずカレンダーを見て、次にフィーネの顔をまっすぐ見据えて口を開く。

「フィーネ」

「ひゃい!?」

「もうさっきの話の流れから察しただろうけど式典に制服で参加はＮＧだ。だから……」

「だ、だから……？」

俺は深く息を吸うと覚悟を決めてその言葉を彼女に告げる。

「明日朝一番でフィーネのドレスを調達しに行くぞ」

「――え」

第九章　安息の日

「フィーネ、準備できたか？」

「は、はい！　今、出ます！」

　翌日、私服にレーベン家の紋章が刻まれた貴族バッジを着け、部屋のドア越しに声をかけると、慌てたような声がした後に、黄色のパーカーに黒のスカートを着たフィーネが現れる。

「ど、どうでしょうか？　変じゃありませんか？」

「いや、よく似合ってると思うよ」

「そうですか。……よかった」

　俺の言葉にフィーネは胸を撫《な》で下《お》ろす。

　そういえば私服を着たフィーネを見るのって、前世のゲームを含めても初めてじゃなかろうか？

　家事をしている時も制服にエプロンだし、汚れも聖魔法ですぐに落とせてしまうからな。

「あ、あの。ジロジロ見られるとその、恥ずかしいです……」

「悪い悪い。フィーネが制服とエプロン以外の服を着てるのが珍しくってさ」

「……言われてみたら、たしかにアッシュさんの前でこの服を着るのは初めてかもしれませんね。学院の制服が丈夫だしデザインも良いから、もうずっとあれで良いかなって思ってましたから」

「たしかにあの服は色々と高性能だからなあ」

ゲームでも防具はアクセサリー系で、服そのものを変えているわけではなかったからな。

「と、駄弁《だべ》ってないでそろそろ出発しないと」

「ですね。行きましょう」

そう言って俺とフィーネは屋敷を出る。

さて、ゲームのドレス入手イベントは色々あって金を支払うことはない。

つまりいくら必要なのか分からないので、まずは口座からできるだけたくさん金を引き出しておこう。

そうして最初の目的地を定めた俺は、フィーネを連れて王都中央広場に向かって歩き出す。

「えっと、それでこのままお店に行くのですか？」

「いや、まずは口座から金を引き出したいから冒険者ギルドに行こうかな」

「冒険者ギルドに口座が？」

「ああ、冒険者ギルドは冒険者向けに色々とサポートすることを目的に設立された組織だからな。そのサポートの一つに完全に冒険者向けの銀行があるんだ」

大手の商業ギルドが運営している銀行と違い、冒険者ギルドが運営している銀行は登録したギルド内の口座からしか預金を引き出せないというデメリットがあるが、その分開設する手間が殆《ほとん》どないというメリットもある。

そして冒険者の中には、文字の読み書きができない者や公的な証明書を取得できない者も少なくないので、冒険者ギルド銀行は重宝されているのだ。

事実、俺が口座を作った時も、血縁も何もないメイドを連れていっただけですぐに開設することができたからな。

「と、着いたな」

冒険者についてフィーネに説明している間に、俺たちは王都中央広場の一角にある冒険者ギルドに辿《たど》り着《つ》く。

中央広場は今日も活気に溢《あふ》れていて、様々な屋台が立ち並んでいる。

「それじゃ金を下ろしてくるわ。フィーネはここらで適当に時間を潰しててくれ。まあそこまで時間は掛からないだろうけど」

「わ、分かりました」

フィーネに「ここで待っているように」と伝えると、俺は冒険者ギルドの中へ入っていく。

直後、聞こえてきたのは耳をつんざくような様々な声と強いアルコールと煙草《たばこ》の匂いだった。

ギルドは、仕事を終えたか、あるいは仕事初めの景気付けに併設された酒場で酒盛りをする冒険者たちの騒々しい声で満ちている。

うん、やはりフィーネを広場に待たせておいて正解だったな。この荒くれ者の集まりにフィーネを連れてきたらどんなことになっていたか。

その光景を流し見しながら俺は総合カウンターへと向かう。

「あら、アッシュさん、お久しぶりですね。今日はどんな依頼を受けられますか？」

カウンターに立っていた知り合いの受付嬢は笑顔を浮かべながら話しかけてきた。

「いや、今日は金を下ろしにきただけですよ。五〇〇万G引き出してくれませんか？」

「分かりました。少々お待ちください」

俺が自分の身分証明のための冒険者カードをカウンターに置くと、受付嬢は軽く頭を下げて金を引き出すために奥へ引っ込んでしまう。

後は受付嬢が金を持ってくるのを待つだけだ。

「おい、聞いたかい？　ルーヴェン公国がこの国の冒険者を大枚はたいて集めてるらしいぜ」

そう考えていると、近くで黒いローブを羽織った冒険者が、酒が注がれたコップを片手に大剣を背負っている冒険者に話しかけ始めた。

「ルーヴェン公国って南の山岳地帯にある小国だっけ？　なんであそこがこの国の冒険者を集めてるんだ？」

「何でも共和国と一緒にこの国に攻め込もうとしてるとかで、地理に詳しくて即戦力になる冒険者を集めているんだとか。あんたどうするよ？」

「うーん、今のところはパスかな。行くにしてももうちょい情報を集めないと。そういうあんたはどうするんだい？」

「いやあ、どうしようかねえ。噂《うわさ》じゃ貴族様伝来の悪魔契約を会得してる奴《やつ》もいるって話だから、戦力は申し分なさそうなんだけど」

『キズヨル』本編には腐敗し、悪魔と契約して富や名声、政敵の排除を目論《もくろ》む悪役貴族が何人か登場していた。そして奴らが呼び出す悪魔はどれもボスクラスの強さがある。

そんな連中を抱えている南の隣国がこの国に攻め込もうとしているだって？　それが本当なら一大事だが……。

「お待たせしました、アッシュさん。こちら五〇〇万Gとなります」

「あ、ああ。ありがとうございます」

「？　どうかされましたか？」

「いや、何でもありませんよ。また何かあったらよろしくお願いします」

「はい。それではまたのご利用お待ちしております」

会釈して俺はさっきの話について詳しく聞こうと、黒いフードの冒険者を探そうとするのだが。

（……いないな）

既に周囲にローブを羽織った冒険者の姿はそこにはなく、大剣を背負った冒険者も仲間と合流して出発しようとしているところだった。

（この人混みだと探すのも一苦労しそうだな）

ただでさえギルドには目立つ恰好をしている者が多い。それこそ黒いローブを羽織った人間なんて目に見える範囲だけでも何人もいる。

仕方がない。さっきの話は頭の隅に置いておくとして、とりあえず今はフィーネのところへ早く戻ろう。

そう考えた俺は冒険者ギルドを後にしたのだった。

「悪い。待たせたかな」

「いえ、そんなことはないですよ」

ギルドを出てフィーネと再会した俺は、軽いやり取りをして目的地の仕立て屋へ向かおうとする、のだが……。

「……」

彼女の視線は食べ物を売っている屋台の方へと向けられている。

「何か気になる屋台でもあるのか？」

「い、いえ!? そういうわけじゃ――」

フィーネはそう言って否定しようとするが、それを遮るかのように可愛《かわい》らしくお腹《なか》が鳴る音が聞こえてくる。

「せっかくだし何か買ってこようか」

「……お願いします」

というわけで俺たちは中央広場へ戻ると食べ物系の屋台を見て歩く。

「どうする？ 何が食べたい？」

「えと、あそこの串焼きが気になります……」

「りょーかい。串焼きね」

俺はフィーネが指差した屋台へ向かい、そこで売られていた豚の串焼きを二本買う。

「ほい。熱いから気をつけて」

「あ、ありがとうございます。そうだ。お金――」

「これくらい奢《おご》るさ」

そう言って俺は串焼きにかぶりつく。

うん、甘すぎもせず辛すぎもしないタレと肉の旨味が合わさっていて最高だ。

フィーネは何かを言おうとしたが、俺が串焼きを食べているのを見て我慢できなくなったのか食べ始める。

「美味《おい》しい……。それに昔故郷でお祭りの時に食べたものに似てて懐かしいです……」

あー、ユージーンルートでそんなシーンがあったなあ。

あのルートだとフィーネが攻略対象を屋台に連れていって、ユージーンに串焼きを渡して慣れない食べ歩きを楽しんでたんだったか。

「へえ、フィーネの故郷のお祭りってどんな感じだったんだ？」

「女神様に豊作を祈るお祭りで、普段は出ないような料理が出るんです。それで皆で踊ったりして、楽しかったなぁ……」

フィーネは感慨深そうに故郷について話す。

……故郷か。

「フィーネは家に帰りたいと思ってたりするのか？」

「……どうなんですかね。今はその、帰りたいような帰りたくないような。……ごめんなさい、曖昧な答えになってしまって」

「いやいや、俺の方こそ急に変な質問をしてごめんな」

帰りたいような帰りたくないような。

そして出会った頃から変わることのないこのかしこまった口調。

色々と気になる返答だが、今はこれ以上深掘りしない方がいいだろう。

「ところでわたしたちはどこへ向かっているんですか？」

「ん？　ああ、あそこだよ」

そう言って俺が指差した場所にはクリスタルのドームのようなものが建っていて、その入り口では仕立ての良い服を着た紳士淑女たちが、見送りをしてくれているタキシードを着た従業員の男性の手に、チップ代わりに宝石などを置いている。

「あ、あのブルジョアな光景はなんですか？」

「あの店は服や靴、化粧品と、ラクレシア王国が誇る最高級店や高級カジノが出店している貴族御用達《ごようたし》の複合商業施設、『ピノキオ』だ」

『ピノキオ』はキャラクターの見た目を変更できる最高級の服飾アイテムが手に入れられる有名ブティックが入っている他、騎竜を用いた競竜やカジノ、アトラクション施設など娯楽施設も併設されている。また『キズヨル』内ではここで様々なミニゲームをプレイすることができ、本編そっちのけでここに入り浸るプレイヤーもいたとか。

ここなら王家主催の夜会に出席しても問題ない上等なドレスを調達できるだろう。

「ほ、ほんとにここへ入るんですか……？」

「そのためにここまで来たんだろ？　ほら、行こう」

俺は怖気《おじけ》づくフィーネの背中を押してピノキオの店内へと入る。

「おめでとうございます！　お客様方は当店一万人目の来店者様となりました！」

直後、周囲からけたたましいファンファーレの音が鳴り響き、俺たちは突然の展開に思わずひるんでしまう。

続いて花束とこの施設を模した時計、そしてチケットのようなものを持ったタキシードを着た男性が現れ、それらをフィーネに渡す。

……ああ、そういえばこんなイベントがあったな。

「あ、あの！　これは一体⁉」

「先ほど申しました通り、お客様方は当店一万人目の来店者様となります。そこでこちらの花束とピノキオを模した特製時計、そして『チャレンジチケット』をプレゼントすることとなりました」

「『チャレンジチケット』？」

「はい。そちらは一〇万Gで換金できる他、チャレンジイベントの参加券ともなっており、こちらのイベントで目標を達成すれば、当施設で販売されているすべての商品からお好きなもの一つと交換できる特別チケットを手に入れられます。またチャレンジイベントには一名様まで同伴が可能です。さあ、どちらをお選びになりますか？」

『ピノキオの一万人チャレンジイベント』はシナリオ中一度しか発生しないレアイベントで、これを逃すと次の周回まで挑戦できなくなる。

加えてイベントの達成条件となっている、ランダム選出の高難度ミニゲームのクリアに求められる必要ステータスがそれなりに高く、一週目では金欠なプレイヤーも多いことから、攻略サイトにはこのイベントをクリアできるのは二週目以降と書かれてあった。

だけど。

「ああ、アッシュさん、これ、どうしましょう……？」

「やろう。俺たちなら絶対にクリアできる」

「わたしたちなら……決めました。このイベント、挑戦します！」

フィーネが声高らかにそう宣言すると、来店していた他の客や店員から歓声が上がる。

「チャレンジイベントへの挑戦、承りました。それではお二方、私に着いてきてくださ い」

タキシードの店員は一礼してからそう言うと俺たちをレジャー施設の方へと案内した。

「それではお二人方にはこの『フライングボールショット』にチャレンジしていただきま

す」

着いていった先は、夜空をモチーフにした魔導具によるホログラフィーと魔力で浮く光球が、星のように輝いている施設だった。

たしかここは『キズヨル』では射撃系のミニゲーム『フライングスターショット』のコーナーだったはずだ。

ゲームだとドット柄だったけどリアルではこんな感じなんだな。

そんなことを考えていると、店員は俺たちに玩具《おもちゃ》感のある弓を渡し説明を始める。

「こちらの弓に魔力を込めると非殺傷の矢が自動的に生成されます。そしてお客様方にはその矢を用いてあの光る球をすべて撃ち落としていただきます。制限時間はお一人様五分まで。同伴者様を含めて三回までチャレンジしていただけます。説明は以上です。何かお聞きになりたいことはございますか？」

「だ、大丈夫です！」

「俺も特には」

「準備はよろしいということですね。それでは早速始めましょう！」

店員はＭＣのように場を盛り上げるナレーションをしながら、フィーネにチャレンジを開始するよう促す。

「よ、よおし。頑張るぞ……」

フィーネは緊張した様子で弓を手に取ると、光る球に狙いを定め、魔法の矢を発射しようと試みる。このミニゲームでは、個人の魔力量と知力ステータスにより総弾数と矢の再チャージ速度と飛翔《ひしょう》速度が上がる仕組みだ。

なので、相当にレベルが上がっている今のフィーネなら攻略しやすくはなっているはずなのだが。

「あ、ああ……」

矢はいっそ器用と思えるほど的と的の間をすり抜けてしまう。

「っ、でも次こそは！」

それでもめげずにフィーネは魔力の矢を射《う》ち続ける。

「タイムアップです！」

「はぁ、はぁ、何とか半分撃ち落とせ――」

フィーネは額の汗を拭きながらも、一度目のチャレンジで光の球を半分以上撃ち落とせたことに満足そうな笑みを浮かべようとして……。

「それでは二度目のチャレンジに参りましょう」

「……へ？」

そこで店員が指を鳴らすと、フィーネが撃ち落とした光の球がすべて復活する。

これがこのイベントの意地悪なことだ。

三回までチャレンジできること、そして光の球の多さから複数回に分けて撃ち落としていくゲームだと勘違いしてしまうが、実際は一度のチャレンジですべて撃ち落とさなければならない。

それが『一万人チャレンジ版フライングスターショット』の鬼畜さだ。

「では二度目のチャレンジ。お嬢さんとお坊ちゃん、どちらがなさいますか？」

「じゃあ次は俺が。いいよな、フィーネ？」

「……はい」

全復活がよっぽど堪えたのか、フィーネは意気消沈した様子で返事をする。

うーん、たしかに商品が懸かっているとは言え、ゲームなんだからもっと楽しんでほしいのだが。

そうだ！

「フィーネ、こっちおいで」

「はい？」

俺はフィーネを呼び寄せると、彼女が矢を放つところをよく見られるように抱き寄せる。

「フィーネ、このゲームのコツは一つ一つの的を正確に狙うんじゃなくて、力を込めてまとめて消し飛ばすことをイメージしながら矢を射つことだ」

「は、はい……」

「論より証拠だな。まあ見ててくれよ」

　そう言って俺は魔力を集中させて巨大なエネルギー球を形成すると、それを光の球のある方向に向けて発射した。

　弓から放たれた矢は範囲の広い巨大な光線となり、光の球を一射で四割ほど消滅させる。

「お、お見事！　とてつもない破壊力でした！　しかし残念！　ここでタイムアップとなりました！」

　と、そこで店員が焦った様子でタイムアップを宣言し、無理やり打ち切ってきた。

　ま、施設側もこのイベントを客寄せ目的でやっていているらしいし、実際にクリアしてみせると店員から「オーナーにどう説明したら……」と嘆くようなセリフが聞けるから、本当にクリアさせるつもりはなかったようだしな。

「おい、まだ時間があるじゃないか！」

「もっと派手な技を見せてくれよ！」

　しかしその店員の判断はギャラリーの不満を買い、大量のブーイングが巻き起こる。

「さ、さあ、ラストチャレンジはどちらがなさいますか!?」

　店員は汗をダラダラ流しながら俺たちに最後のチャレンジをするよう迫ってきた。

「じゃあフィーネ、最後は君がやってみな」

「……わ、わたしですか!?」

「悔しい思いをしながら他の人にゲームをクリアされるなんて後味が悪いだろ？　それに肩の力を抜いて気楽にやれば絶対にクリアできるよ」

「肩の力を抜いて、気楽に……」

フィーネは俺が言った言葉を繰り返しながら弓を持ち、魔力を集中させる。

「っ！」

放たれた矢、もとい視界を覆う規模の光の奔流はそのエネルギーを維持したまま拡散し復活した光の球をすべて呑《の》み込《こ》んでいく。

「……やるじゃん」

次に目を開けた時には的はすべて消えていて、一連のチャレンジを見ていたギャラリーは大歓声を上げた。

「やった……、アッシュさん！　わたし、やれました！」

「うん。おめでとう、フィーネ」

俺は拍手をしながらフィーネの成功を褒《ほ》め称《たた》える。さあて。

「店員さん、チャレンジは成功ということでいいですよね？」

「は、はい。……ああ、オーナーにどう説明したら……」

店員はガックリとうなだれながらフィーネに特別チケットを差し出す。

「あ、ありがとうございます！」

「良かったな。これで予算を気にせず好きなドレスを買えるぞ」

「そっか……。わあ、どんなのを選ぼうかなあ……」

特別チケットを手に入れてはしゃぐフィーネを見て微笑《ほほえ》ましく思いつつ、俺は彼女の背後で絶望する店員から全力で目を背けるのだった。

※　※　※

「はあ……凄《すご》くいいドレスを手に入れられました……」

フィーネはドレスが入った紙袋を抱えながら満足そうにしている。

あの後、フィーネはゲーム内で購入できるものの中で最高級の着せ替えアイテム、『星空のドレス』と呼ばれる瑠璃色のドレスを手にして屋敷への帰り道についていた。

しかしお金を引き出したけど全然使わなかったな。いやまあ良いドレスをタダで手に入れられたからラッキーなんだけど。

お、あれは……。

「さあさあ、いらっしゃい！　おいしいアイスクリームだよ！」

声が聞こえてくる方を見ると、そこには女性の店主が呼び込みをしている、冷凍魔導具を設置したアイスクリーム屋台があった。

ピノキオ内は大型魔導具による冷房機能があったから快適だったが、こうして外を歩いていて蒸し暑さを感じていたから、ちょうど良いタイミングで店を見つけられたな。

「フィーネ、あの屋台でアイスクリームを買っていかないか？」

「アイスクリーム、ですか？」

「もしかして食べたことない？」

「……えっと、はい。学食のメニューで見かけはしていて興味はあったんですが」

「なら折角《せっかく》だし買っていこうぜ。食べて損することは絶対ないから」

俺はフィーネの手を引いてアイスクリーム売りの屋台へと向かう。

「いらっしゃい！　お客さん、何にしますか？」

「俺はバニラアイスを。フィーネはどれにする？」

「えっと、それじゃわたしはこのストロベリー味を」

「はいよ！　すぐに用意しますね！」

店主はアイスクリームコーンを取り出すとそれにバニラ味のアイスとストロベリー味のアイスを盛り付ける。

「お待ちどう！　合わせて一〇〇〇Gだよ！」

「はい」

「一〇〇〇Gちょうどね。毎度あり！」

そうしてアイスクリームを受け取った俺は、ストロベリー味のアイスをフィーネに渡す。

「早く食べないと溶けちゃうから気をつけて」

「わ、分かりました。……いただきます〰〰！」

初めは恐る恐るという感じでアイスを舐《な》め始めたフィーネだが、すぐにストロベリー味が気に入ったのかパクつく。

その様子を見て俺は笑みを浮かべ、自分のアイスを食べながら話し始める。

「とにかくこれで夜会に必要なものは用意できた。化粧とかをする使用人は俺の方で何とかするから、フィーネは当日までしっかり休んでくれ」

「うっ、お化粧とかもしないといけないんですね……」

「座っている間に勝手にやってくれるから何も緊張する必要はないよ。それにこんな機会は滅多《めった》にないんだ。いっそお祭りのように楽しむくらいの気持ちでいよう」

「……分かりました。そう考えるようにします」

そんなことをフィーネと並んで話していると、俺たちの隣を王立魔法学院の紋章が車体に刻まれた大型の荷馬車の列が通り過ぎていく。

叙勲・叙爵式まであと少しだ。

第十章　表彰式と制裁と

「あたしはアルベリヒ第二王子の婚約者、エリーゼ・リングシュタットなのよ⁉　そのあたしをこんな目に遭わせて許されると思っているの！」

「そ、そう言われましてもこれはご命令で……」

「ならその命令した奴《やつ》を呼んできなさい！」

王立魔法学院大講堂の地下、窓もない石造りの部屋で、役人を名乗るそいつらにあたしは正当な抗議をぶつける。

……あの決闘の後、あたしは役人たちによりアルベリヒたちから無理やり引き離され、そして今、この薄汚くて暗い部屋に閉じ込められている。

あたしはあの四人の攻略キャラたちの婚約者、こんな扱いをされるような身分じゃないのに……！

「おやおや、これはまた随分と元気がおありのようで……」

その時、不愉快にも上機嫌な声で話す、仮面で顔の上半分を隠したおっさんが部屋に入ってくる。

「貴方はもう戻っていいですよ。ここからは私が担当しますから」

「わ、分かりました。尋問官殿」

尋問官と呼ばれたそいつに言われて役人たちは地下室から出ていく。

残されたのはキモいおっさんとあたしの二人だけになる。

「さて、お聞きします。貴方はどのような方法で『宝剣』が安置されている場所を突き止めたのですか？」

「なんであんたなんかに答えなくちゃいけないの？　あたしはアルベリヒ殿下たちの婚約者なのよ！　それにあたしの家は――」

「まずはそちらからお話しするとしましょうかね。エリーゼさん、貴方は貴族名簿から名前が抹消されています」

……は？

「な、何を言って……」

「貴方のご両親は貴方の存在をなかったことにすることで命乞いをして、そして我々もそれを認めることにしました。なので貴方は家名を盾にすることはできないのです」

「だ、だけど！」

「そしてアルベリヒ殿下との婚約については国王陛下により取り消しになりました。他のご三家の当主も同様にご子息と貴方との婚約を取り消しにしておられます。つまり貴方は国宝たる宝剣を盗み出した一平民、いやそれ以下の存在というわけです」

何よ、それ。そんなの、そんなの……！

「そ、そうよ。そんなの全部嘘《うそ》っぱちに決まってる！　証拠、証拠を見せなさいよ！」

「ふむ、そう来ますか。なるほどなるほど」

おっさんはあたしの言葉を聞いてさらに気持ち悪い笑みを浮かべる。

「これで落ちてくれれば上は大層喜んだのでしょうが、私としてはそうして抵抗してもらえると好きにできるので、とても感謝しておりますよ」

「は、はあ？　あんた何を言って――」

続く言葉は出なかった。あたしの指はいつの間にか息が顔にかかるくらいにまで近づいてきたおっさんに折られ、あたしは思わず声にならない悲鳴をあげる。

「ご安心を。多少の傷や病気はこの『グレート・ポーション』で回復します。ほらこの通り」

おっさんはそう言って懐から取り出したポーションを折れたあたしの指にかけ、そして一瞬で回復させた。

「そして貴方の純潔を汚すような真似《まね》はしません。私の好みは人が激痛に悶《もだ》え苦しむさまを見届けることにありますから」

「……！　……⁉」

あたしは恐怖で涙を浮かべて地下室の隅に逃げ込もうとする。

だけどこの空間は狭く、あいつから逃げることはできない。

「さあ、なるべく長く懸命に耐えてから白状してください。私は貴方のその顔を長く、長く見ていたいので」

※　※　※

「クソ、クソ、クソクソクソ、クソッ！」

「……落ち着くんだ、アルベリヒ。王族である君がそんな汚らしい言葉を口にしては」

学院大講堂最上階の一室、そこで僕が怒りで部屋の壁に拳を叩《たた》きつけていると、デイヴィットが肩に手を置いてきた。

「落ち着いてなどいられるか！　あの忌々しい決闘からずっとこんなところに軟禁され、エリーゼはどこに連れ去れたのかも分からず……なのに何もできないなんて！」

「そんなのはオレたちだって同じだ。だけど今ここで無駄にエネルギーを使っても何にもならねえだろ」

「っ、そうだな……。エリーゼを救い出すためにも力は取っておかないと」

デイヴィットとユージーンの言葉で冷静さを取り戻した僕は深呼吸をし、改めて自分が置かれた状況を確認する。

僕たちは決闘の後、騎士たちによってこの大講堂最上階の貴賓室に幽閉された。

食事は運ばれてくるが、その際は僕たちが扉から出られないよう騎士が陣取っているので脱出することはできない。

「レコン、やっぱり魔法は使えないか？」

「ダメだね。高位の魔法を発動しようとした瞬間、必要な魔力を吸い取られる」

加えてこの部屋には高レベル魔法を阻害する術式がかけられているらしく、魔法を用いた脱出も不可能にしていた。

そしてこの大講堂からネズミ一匹逃さないように陣取る大勢の騎士。扉も外側から閉められているので脱出はより困難なものになっている。

だけど、だけどきっとどこかに隙があるはずだ。僕たちはその隙を突いて脱出する。

あのクソ野郎に報復を……！　エリーゼとの再会を……！

『ガチャリ』

その時、扉の鍵が開けられる音が聞こえてくる。

おかしい。食事の時間にはまだ早いはずだ。なのにどうして扉が……？

それから少しして騎士たちが室内にぞろぞろと入ってくる。

続いて彼らは僕たちが逃げ出さないように扉の周りに陣取ると、奥から周囲の騎士より頭一つ高い鳶色《とびいろ》の髪のあの人がこちらへやって来るのが見えた。

「ふむ。全員元気そうで何よりだ」

あの人――エルゼスは僕たちの姿を見て笑いながらそんなことを言ってきたのだ。

僕たちのどこが元気そうだと……？　何よりとはどういう意味だ……！

思わずそう叫びたくなるが、エルゼスの前に武装した騎士が二人立ち塞がり気圧《けお》されてしまう。

「…………っ！」

「ほうら。そんな目付きができるんだから元気だろう？」

エルゼスはそんな僕らを嘲笑《あざわら》いながら、誰かを連れてくるようにハンドサインで騎士に指示する。

「……兄上、一体何の用で僕たちに会いにきたのですか」

「いやなに、お前たちが先の決闘で済ませていないことがあったのを思い出したからな。今日はそれをさせに来た」

そう言ってからエルゼスは騎士に連れてこさせた者を僕たちの前に突き出した。

「エリーゼ!?」

僕はエリーゼのもとへ駆け寄り強く抱きしめる。

そこにいたのは間違いなく僕が愛した可憐《かれん》な少女、エリーゼ・リングシュタットだ。その体も僕たちから引き離された時と変わらず傷一つ付いていない。

……だけど。

「あ、たしはゼンセの記憶があって、それで……」

「え、エリーゼ？」

彼女はうわごとのように訳の分からない言葉を口にしながら体を震わせている。

「感動の再会が叶《かな》って何よりだ。それでは時が来るまでここで待機しているように」

「エルゼス殿下。我々に一体何を……？」

エリーゼの有り様に激しい怒りと恐怖を感じながらも、デイヴィットが兄上に尋ねる。

それに対して兄上は変わることなく笑みを浮かべたままこう返したのだ。

「言ったであろう？　先の決闘でお前たちがまだ済ませていないことをしてもらう、と」

「どうだ、レコン」

「……どうやら彼女の体の各部位は何度も痛めつけられ、その度に何らかの手段で回復させるという拷問を受けていたみたいだ。そしてその結果、心が……」

「くそっ、これが人間のすることかよ！」

エルゼスが退室した後、僕はレコンにエリーゼを診断してほしいと頼み、そして結果は考え得る限り最悪に近いものだった。

何度も何度も体の部位を壊され、その度に回復させられ、そしてまた壊される。

こんな、こんなことが許されていいはずがない……！

それもこれもすべてあのクズ野郎が卑怯《ひきょう》で卑劣な手段で決闘に不正勝利したからだ。

エリーゼをここまで痛めつけた奴、兄上、そしてフィーネ・シュタウトとアッシュ・レーベン！　あいつらには必ず報いを受けさせる！　どんな手段を使っても必ず……！

「皆様、お食事をお持ちしました」

そのタイミングで部屋の外から侍従が声をかけてきた。

「アルベリヒ、今はエリーゼの心と体の傷を回復させることを優先しよう」

「あ、ああ。そうだな。入ってきていいぞ！」

「ありがとうございます」

レコンの言葉を受けて僕は部屋の外の侍従に入室の許可を与える。

続いて扉が開かれ、いつものように食事を持つ侍従と脱出を妨害する騎士が……。

（……一人だけ？）

そこにいたのは食事も何も持っていない侍従が一人いるだけで騎士の姿はどこにもない。

一体どういうことかと困惑している僕らをよそに、侍従と思われる男は部屋の扉を閉めるとこう話し始めた。

「我々は皆様の味方です。貴方様方《あなたさま》をこの国から無事に脱出させ、エリーゼ嬢の傷を回復させる手段を持っています」

※　※　※

夜会の当日、久しぶりに燕尾服《えんびふく》を着た俺は息苦しさを感じながら魔法学院の出迎え馬車を待つ。

「あの、どうでしょうか……？」

そうしていると、臨時で雇った使用人の助けを借りてドレスを着たフィーネが俺の前に姿を現す。

目の前のフィーネはゲームのスチルで見たドレス姿のフィーネよりも遙《はる》かに美しく、俺は思わず言葉を失ってしまう。

「アッシュさん？」

「わ、悪い。フィーネがものすごく綺麗《きれい》だったから……」

瑠璃色のドレスを着て化粧をしたフィーネは本当に美しかった。あの日、王都の路地裏で、死んだ目をしてフードで顔を隠していたあの女の子と目の前の美少女が同一人物だとは信じられないほどだ。

「あ、ありがとうございます……。そ、そう言えば、表彰式には一体どれくらいの人が来られるんですか……？」

「えっと、たしか百人くらいだったかな？」

うん、ゲーム内でも『表彰者の受賞者の親族や各界の有力者含めて百人前後が参加する』と言われていたから、それで合っているだろう。

「ひゃ、百人……。意外と参加される方は多いんですね……」

「まあ表彰式そのものには興味がなくて、他の家との関係の構築とかそういう目的で参加する人もいるからなあ。っと」

フィーネと談笑している窓から魔法学院の馬車がこの屋敷の前に止まるのが見える。

「アッシュ・レーベン殿。王立魔法学院の者です」

続いて玄関から御者の声が聞こえてきた。

いよいよ、か。

「フィーネ、準備はいいか？」

「……はい。大丈夫です」

俺が聞くとフィーネは力強く頷《うなず》く。

「じゃ、行くとしますか！」

王立魔法学院の大講堂は基本的に入学式と卒業式、始業式と終業式、そして総合実力試験上位者表彰式でしか使われない。

そして表彰式には王族がお越しになられるということで、大講堂は様々な装飾により豪《ごう》奢《しゃ》な宮殿へと様変わりしている。

「凄《すご》く綺麗ですね……」

「だな。生で見るのは初めてだけどほんとすげえわ」

魔法学院の馬車を降りた俺たち二人は大講堂の内装の美しさに圧倒されていた。外の魔導照明によるライトアップだけでも十分に凄かったが、中はそれ以上にきらびやかに装飾されている。

「おーい！　アッシュ！　フィーネちゃん！」

そうして式典が始まるまであちこちを見学していると、俺たちの名前を呼ぶ声が聞こえてくる。

声が聞こえた方を向くと、そこには大きく手を振るイアンの姿があった。

「おう、イアン。もう来てたのか。早いな」

「オレは学院寮から直接来たからな。それより……」

イアンは俺の背後にあるものをどうにか見ようとしている。

「どうした？　俺の後ろに何かあるのか？」

「何かあるっていうか……、フィーネちゃんは何でしゃがんでるんだ？」

言われて振り向いて見ると、そこには俺の手を摑《つか》みながらまた恥ずかしそうにしてしゃがんでいるフィーネの姿があった。

「フィーネ……」

「ご、ごめんなさい！　知ってる人に見られてると思うとまた恥ずかしくなってきちゃって……！」

まあ気持ちは分からないでもないが……。そんなことを考えていた俺は入り口の方がざわついてることに気づく。

「君！　本気でそんな恰好で式典に参加するつもりか⁉」

「たわけ。服装は自由でいいと書いたのは貴様らだろう」

「だからといってそんなだらしない恰好で王太子殿下の前に出るのは――」

見るとそこには着崩したシワだらけの学院の制服にぼさぼさな髪と、とてもパーティーの参加者とは思えない恰好のサラサ嬢の姿が。

「見ろ、フィーネ。世の中にはあんな恰好でも堂々と教師と口論ができる人間もいるんだ。だから君はそこまで恥ずかしがる必要はないんだよ」

「いや、アッシュ。あれはサラサ嬢がおかしいだけだと思うぞ……？」

サラサ嬢の常識はずれな行動とそれを咎《とが》める教師との口論を眺めつつそんなことを話し

ていると、宮廷楽団が演奏を始めた。

「式が始まるぞ。ほら立ちな」

「は、はい！」

曲に合わせて周囲の人間が直立不動で奥の入場口の方を見始めたので、俺はフィーネを立ち上がらせると彼らと同じようにする。

魔導拡声器によるアナウンスが会場に響き渡り、周囲の空気は先ほどまでの騒々しいものから一変して厳かなものへと変化していく。

エルゼス王太子の姿が見えると全員彼に向かって深く頭を下げる。

エルゼスが壇上に設けられた一際豪華な椅子に着席すると学院長が原稿を持って現れ、一礼してから彼の前に立ち式典開始を告げる。

「王太子殿下の御臨席を仰ぎ、王立魔法学院魔法・剣術実技試験並びに勲章授与式の開催を行うにあたり――」

……さあてと、気合いを入れてこの式典を乗り越えるとしましょうかね。

「それではこれより総合実力試験成績上位者表彰式を執り行います。総合実力試験五位、三年生クロード・シューマッハ、前へ！」

「はい！」

学院長の非常に長い挨拶が終わり、進行役を仰せつかった学年主任の教師が緊張しつつも高らかにそう宣言すると、それに呼応するように茶髪の青年が声を上げ、一人講堂中央に敷かれ王国の紋章などの装飾が施された豪華な赤い絨毯《じゅうたん》の上に歩み出ると、玉座に座るエルゼスのもとへ向かってゆっくりと進む。

そしてクロードがエルゼスの前で跪《ひざまず》くと、女性の侍従が彼の前に立ち書状を読み上げ始めた。

「王立魔法学院三年生、クロード・シューマッハ。汝《なんじ》は総合実力試験にて優秀な成績を収めた。王国のため、これからも奮励努力するように」

「はっ！」

最後に侍従から勲章を受け取ると、拍手が鳴り響く中シューマッハはエルゼスに一礼してから人混みの中へ戻っていく。

「……昨日も説明したけどあれがこの式典の大体の流れだ。教師に呼ばれたら声を上げて中央の赤い絨毯のところに行ってそのまま王太子殿下に向かい、侍従から勲章を貰《もら》ったらその場から退く。勇者勲章授与の流れもこれと一緒だから、さっき呼び出された人と同じことをすればいい」

「……わ、分かりました」

拍手が続く中、俺は改めてフィーネに式典の流れについて説明する。

「総合実力試験四位、イアン・モーレフ。前へ！」

「はい！」

続いてイアンが呼び出されエルゼスのもとへ向かっていったので、俺は改めて玉座の方を見る。

……にしても変だな。

『キズヨル』で最初の夜会イベントとなる総合実力試験成績上位者表彰式で、上位となったヒロインのフィーネに勲章を送ったのは、エルゼスではなく国王本人だったはずだ。

二年生以降は実力試験も表彰式もすべてフィーネのモノローグで済まされてしまうので詳細は分からないが、何か変化があったという記述はなかったと思う。

それに何よりエルゼスが『キズヨル』本編に直接登場するのは、各ルート終盤の魔王復活と魔王城浮上以降だった。

先の決闘の時もそうだが、エルゼスがなぜこの時期から姿を現しているのか理由が分からない。

「王立魔法学院二年生、イアン・モーレフ。汝は魔法実力試験にて優秀な──」

そもそもエルゼスはどうしてフィーネのバッドエンドルートだけ一切登場しなかったんだ？

フィーネが目を付けられ、そして学院に入ることになった理由。それにエルゼスは大きく関わっている。

　にもかかわらず自分の弟がフィーネを学院から追い出そうとしていることに対して、ゲームのエルゼスはどうして何も行動しなかったのだろうか。

　というかエルゼスって色々と謎が多いキャラなんだよなあ。『キズヨル』シナリオの根幹に関わってるキャラなのに妙に出番がないし、その割にステータスはバカ高いし。

　その最大の出番というのもラスボス撃破後にシステムメッセージで「『王太子エルゼス』と腕試しができるようになりました。エルゼスとの腕試しに勝利すると最高難度ダンジョンが解放されます」と伝えられ、何故《なぜ》か序盤から大講堂にいるエルゼスに話しかけると会話なしでいきなり戦闘に突入するというものだ。

　それに勝っても負けても会話はなく、最高難度ダンジョン――『秘匿領域』へチャレンジできるようになったことを、これまたシステムメッセージで伝えられるだけ。

　この不自然なエルゼスの出番に、クリアしたプレイヤーの間で様々な議論が行われ、そして最終的には『出番が少ないのは単純に納期に間に合わなかっただけだろう』と結論付けられた。

　実際勇者アーロン周りのムービーはたしかに感動する出来ではあったけれど、少なくないプレイヤーから『他の要素に力を入れるべきだったのでは？』と疑問を投げ掛けられていたので、俺もこの結論をすんなりと受け入れていたのだが……。

　ゲームが現実となったこの世界で、フィーネがバッドエンドルートに入ったにもかかわらずエルゼスが動かなかった理由……。単純にそのことを知らなかったのか。あるいは何か意図があったのか？　っと。

「総合実力試験三位、サラサ・エンフォーサー。前へ！」

　そんな考察をしている間にイアンの表彰が終わり、試験順位三位のサラサ嬢が呼び出されていた。

　サラサ嬢は相変わらず気だるげで、やる気がなさそうにエルゼスのもとへ歩いていく。

　そしてそんな彼女の態度と容姿に、魔法学院の教師陣は顔を真っ青にしていた。

「……あの、アッシュさん。本当に今さらなのですが、エンフォーサーさんはドレスを着てこないといけないのを知らなかったのでは……？」

「いやあ、知ってたとしてもドレスは着てこなかったんじゃないかな……。現にこれだけ大勢の人がいる場にボサボサの髪と着崩した制服で来てるわけだし」

　むしろ俺は彼女が出席したことに驚いている。

　これまで見てきたサラサ嬢の言動を考えると、パーティーを無断欠席してもおかしくなさそうだったのだが。流石《さすが》に王族が出席する式典には出ないとダメだと思ったのだろうか。

「お、王立魔法学院一年生、サラサ・エンフォーサー。な、汝は総合実力試験にて優秀な成績を収めた。お、王国のため、これからも奮励努力するように……」

「ああ、分かった分かった。ではもう帰ってもいいかね？」

「あ、ああ……」

侍従が顔を引きつらせながらそう返事をすると、サラサ嬢は用は済んだとばかりにその場から立ち去る。

……いやはや、あの子本当にフリーダムな性格してるな。そんでそれを面白そうに笑っている王太子もこえーわ。

「そ、総合実力試験二位、フィーネ・シュタウト。まっ、前へ！」

「……それでは行ってきますね」

「おう、いってらっしゃい」

続いて呼び出されたフィーネは俺に一言告げるとエルゼスのもとへ向かう。

それに前後する形でイアンが俺のもとへ駆け寄ってくる。

「お、やっと見つけたぜ」

「お帰り、イアン。どうだった？」

「めっちゃ緊張したわ。王太子殿下の前に立つってあんな疲れるものなんだな……」

まあ本来直接お目にかかることすらない御仁なのだからそりゃ疲れるだろうな。

さて、フィーネに対する貴族様の反応は……？

「あの子、凄く綺麗だな」

「あれが平民の娘って嘘だろ？」

「魔法、剣術どちらの試験結果も二位なんだって？　あれで平民とは凄いな……」

ドレスを着て優雅に歩くフィーネの姿に、参加者は羨望の眼差《まなざ》しを送り、さらに称賛の言葉を呟《つぶや》く者も多い。

とりあえず嫌な言葉をぶつける奴がいないようで何よりだ。

「……」

「アッシュ、お前なんで満足そうな顔してるんだ？」

「え？　俺そんな顔してた？」

「してた。滅茶苦茶《めちゃくちゃ》ニンマリした顔でフィーネちゃんを見てたぞ」

……そんな顔してたのか、俺。ちょっと気をつけないとな。

「王立魔法学院二年生、フィーネ・シュタウト。汝は総合実力試験にて優秀な成績を収めた。王国のため、これからも奮励努力するように」

「はい！」

エルゼスはシューマッハの時と同じで微笑《ほほえ》みながら眼下のフィーネを見ている。

……あそこまで近づけば、何かしらエルゼスの態度や表情に変化が現れるかなと思ったんだけどな。

「総合実力試験一位、アッシュ・レーベン。前へ！」

さてついに俺の番か。

「じゃ、行ってくるわ」

「頑張れよ」

「おう」

イアンとそんなやり取りを交わして俺はエルゼスのもとへ向かう。

「……あれがあの四騎士を蹂躙《じゅうりん》した」

「全部門トップってマジかよ……」

「あいつに逆らったらどんな目に遭うか……」

周りの反応は……まあ良いとは決して言えないものばかりだな。

今さらだし気にしないけど。

「王立魔法学院二年生、アッシュ・レーベン。汝は総合実力試験にて最も優秀な成績を収めた。王国のため、これからも奮励努力するように」

「はっ！」

そしてエルゼスの前で跪くと侍従から勲章を受け取り、改めて一礼する。

その時、一瞬エルゼスの顔を確認してみたが、彼の表情や態度には相変わらず変化が見られなかった。

……不気味な奴。

そんな感想を抱きつつ、俺はこの夜会のメインディッシュとも呼ばれるイベントに臨む。

「続いて叙勲式を執り行います。アッシュ・レーベン、並びにフィーネ・シュタウト、前へ！」

俺がその場で改めてエルゼスに跪くと、程なくしてフィーネが俺の側にやって来て同じように跪く。

そしてエルゼスは侍従から書状を受け取ると重々しい声で話し始めた。

「王立魔法学院二年生、アッシュ・レーベン、並びにフィーネ・シュタウト。汝らは賊に奪われた王家の秘宝を取り戻した。王家は汝らの功績を称賛し、両名に勇者勲章を贈呈、そしてアッシュ・レーベンに子爵の位を授けるものとする」

そう言ってエルゼスは俺たちに立ち上がるよう促すと、勇者勲章と子爵位を現す貴族章が納められた箱を持った二人の侍従が慎重な足取りでこちらへやって来た。

侍従たちはまず箱に入った勇者勲章を俺たちに手渡し、続いてヴァイス子爵の貴族章を俺の服に付ける。

そして一連の工程が終わると、エルゼスは相変わらず何を考えているのか分からない不気味な笑顔で口を開く。

「これにて汝らはラクレシア王国が誇る当代の英雄となった。今後も国家と国民のため、どうかその力を貸してほしい」

「はっ、謹んでお受けいたします」

そう答えてみたものの、これからもこの国で一生を過ごすかどうかはまた別の話だ。

エルゼスからは嫌な気配を感じる。

アルベリヒたちとはまた違う、無邪気で手加減というものを知らない子供のような気配が。

多分こいつと一緒にいたら早死にする。賭けてもいいくらいだ。

俺はエルゼスの不気味な笑みに必死に耐えながら、フィーネと共に式典が終わるその時をひたすら待つ。

「ところで汝らは先の決闘で我が愚弟と約束を交わしていたそうだな」

と、そこでエルゼスはまるでさっき思い出したかのような素振りをしながら俺に問いかける。

約束、約束、……あ。

『フィーネにかけられた「殿下たちの命を危険に晒し、エリーゼ・リングシュタット嬢に嫌がらせをした」という噂《うわさ》が悪質なデマであり、アルベリヒ殿下による退学通知は不当であることを認め、彼女に謝罪すること。並びに二度と彼女と彼女の関係者に危害を加えない』

そういえばあんなことを言ったな……。

取り決めをした時には単純にフィーネに謝ってほしいという思いから交わした約束だったが、宝剣クリアに関わる騒動でそれどころじゃなくなったからすっかり忘れていた。

というか、今このタイミングでそんな話をするっていうことは……。

「王家に連なる人間が決闘の定めを破棄することなど許されない。遅れてしまったがこの場で約束を果たさせてもらう」

そう言ってエルゼスは手を叩くと、壇上の袖から従者が少年少女を引き連れて現れる。

――会うのはあの決闘以来だが見間違えるはずがない。

そこにいたのは手を縛られた四馬鹿とエリーゼだった。

ったく、何でこのタイミングでこんなことをやるかなあ……。

俺はアルベリヒからの殺意と憎悪が籠もった視線に頭痛を感じながら、とりあえずこの場の流れに従うことにした。

「縄をほどいてやれ」

「はっ！」

突然のアルベリヒたち四馬鹿とエリーゼの登場に会場がざわつく中、エルゼスは従者にそう命じて彼らの手を縛る縄をほどく。

しかし拘束が解かれたところで、すぐ側に片手に鞘《さや》を持った従者が付いているため、アルベリヒたちは自由に身動きすることができるわけではない。

そのため彼ら――特にアルベリヒは殺意と憎悪が籠もった視線を俺に向けてはいるが、それでも従者を押し退《の》けてこちらへやって来る様子はない。

「さてお前たちも話は聞いていただろう。王家と貴族に連なる人間が決闘の誓いを破棄することなど許されない。今ここで約束を果たすのだ」

エルゼスは明らかに挑発するような態度で、アルベリヒたちへ俺たちに謝罪するよう命令した。

「ぐっううう……」

四馬鹿たちは俺たちに頭を下げなくてはならないということに怒りで歯を食いしばり、血が滲み出るほど拳を強く握りしめている。

……ま、いくら王太子エルゼスの命令でもあいつらが素直に謝ることはないだろう。

このギスギスした空気の真っ只中《ただなか》にい続けるのは耐えられないし、ここは適当なことを言ってこの場を切り抜けよう。

そう思った矢先のことだった。

「え、エリーゼ……？」

「ま、待つんだ！　あいつに近づいたら――」

これまで人形のように黙り込んでいたアルベリヒの呼び掛けを無視して、エリーゼが突然俺たちの前に歩み出る。

　エリーゼのこれまでの行動から、フィーネに何か危害を加えるのではないかと考え即座に警戒したが、彼女は俺たちの数歩手前で立ち止まり――。

「度重なる愚行、本当に申し訳ございませんでした。この程度のことで赦《ゆる》されるような罪ではないと分かっておりますが、それでも謝罪させてください。改めて申し訳ございませんでした」

　彼女は土下座をしながらあっさりと自分の非を認めて、俺たちに抑揚のない声で謝罪の言葉を述べたのだ。

　エリーゼの言葉を聞いて最初に感じたのは困惑と不安だった。

　あの女はこれまで言葉巧みに四馬鹿を操りフィーネを貶《おとし》めたという前科がある。

　それに加えて、馬鹿ではあるがこの国で最高位の権力者たちの息子四人を自分の逆ハーレムに加えたことから、相当に物欲や承認欲求が強いと思われる。

　そんな人間がこうもあっさり自分の非を認めて謝罪するものだろうか？

　……というか、こいつ。だいぶ変な匂いの香水を使っているな。まるでポーションみたいな……。

「さあ、お前たち。エリーゼが謝罪したのだ。お前たちも約束を守り、頭を垂れよ」

「ぐっ、ううう……！」

そんなことを考えているとエルゼスが四馬鹿に早く謝るようにと圧をかける。

アルベリヒたちは屈辱で顔を歪《ゆが》めたり、血が滲《にじ》むほど拳を強く握ったりするが、未《いま》だに土下座しているエリーゼの姿を見て嫌々ではあるだろうが頭を下げていく。

「も……、申し訳なかった……」

そしてアルベリヒたちは何とか声を絞り出して俺たちに謝罪の言葉を述べた。

「はぁ……」

この夜会の最後の催しであるダンスパーティーが行われる中、「お手洗いに行ってくる」と適当な理由をつけて人混みから抜け出した俺は、一人バルコニーで盛大にため息をついていた。

息の詰まる空間から脱出して、ようやく新鮮な空気を吸えたことで少しだけリラックスした俺は、そのまま夜風を浴びることにする。

——あの後、謝罪を終えたアルベリヒとエリーゼは、再び従者たちによって何処《どこ》かへ連れていかれた……のだが。

大講堂を出る間際、アルベリヒは俺たちの方を見るとこう叫んだ。

『覚えていろよ、アッシュ・レーベン！　貴様らの卑劣さと犯した悪行は必ず暴いてみせるからな！』

それが負け犬の遠吠《とおぼ》えだということは誰の目にも明らか。はっきり言って気にする必要はない。事実、あいつの兄のエルゼスもそれを滑稽なものと捉えて、面白そうに笑いながら会場を後にしたわけだし。

だから「あのクズ野郎が頭を下げた！」とだけ考えてスッキリしているべきなのだろうが……。公開処刑のように謝罪を強要させられたわけだから、変に勘ぐる奴は絶対に出てくるだろうな。

ああ、胃が痛い。

「──アッシュさん」

「うお⁉　フィ、フィーネ？」

そうして物思いにふけっていると突然フィーネに話しかけられる。

「あ、あれ？　イアンと一緒にいたはずじゃ──」

「その、アッシュさんがどこか思いつめた顔をしていたのが気になって……」

……どうやらまた考えていることがガッツリ顔に出てしまっていたようだ。

「それでその、アッシュさんは何を悩んでいたのですか？」

「素直に白状すると、どうしたらこの伏魔殿から脱出できるか、かな？」

「あ、あはは……。たしかにここにずっとはいたくないですね……」

俺の返答にフィーネは苦笑しながらも同意する。

そうだ、せっかく周りに人もいない訳だし、一連のエリーゼの行動についてフィーネの感想も聞いておくか。

「フィーネ。さっきのエリーゼの行動についてどう思った？　何でもいいんだ。感じたことを言ってほしい」

「エリーゼですか？　……そう、ですね。無感情というか何も感じたくないという強い拒絶の意思を感じました。それと……」

「それと？」

「彼女は心身共に弱りきっているという印象も受けました。……まるでわたしがアッシュさんと出会う前と同じように」

……心身共に弱りきっている。それもあの時のフィーネと同じくらいに？

もし何かされたとすれば、エルゼスに連行された後くらいだろうが……。

「……？」

そこで俺は殺気のようなものを感じ、バルコニーで学院の敷地全体を見られる場所へと移動すると、校庭の隅から光が発生、否《いや》、発射されるのを目撃する。

それは猛スピードで大講堂上部を目掛けて飛翔《ひしょう》し、着弾と同時に激しい閃光《せんこう》を伴い爆発した。

「っ、伏せろ！」

「きゃあっ！」

突然の奇襲に夜会の参加者や使用人の大半が混乱状態に陥る中、一部の人間はそれぞれの得物なのだろう杖《つえ》や武器を持って会場を取り囲んだ。

その中の一人、妙に貫禄《かんろく》のあるおっさんが剣を持って壇上に上がると、完全に腰が抜けてしまっている貴族を冷たい目で見下ろしながら口を開く。

「我々は共和国解放戦線である！　ラクレシア王国に告げる。貴公らは直ちに我々に対する敵対行動を取り止め民族解放のための聖戦に協力せよ！　さもなくばこの場にいる人間を全員処刑する！」

第十一章　奇襲と強襲

共和国解放戦線。

『キズヨル』ではサブイベントで間接的にしか触れられることのない勢力だが、このラクレシア王国で過ごしていれば一度は必ず耳にすることになる隣国の名である。革命後無政府状態になり様々な軍閥が台頭し内乱状態にあるヴァスキア共和国の勢力の一つで、近隣諸国でも聖戦と称して凶悪なテロを行っているテロリスト集団だ。

とはいえ彼らがラクレシア王国でやることは辺境で賊と同レベルのことくらいで、兵士が多く駐屯している都市、ましてや王都に直接乗り込むなんてことはこれまで全くしてこなかった。

なのにどうしてこんなことを……。

「我々には共和主義の名のもとに、ヴァスキアの人民を卑劣な旧貴族や豪商どもの支配から解放するという崇高なる使命、否《いな》、天命がある――――」

さて、パーティー会場では共和国解放戦線が夜会の場を占拠した後に仮面に長いローブを羽織った集団が雪崩れ込《なだこ》み、さらにそいつらを率いているリーダーらしきおっさんが壇上で自分たちがした行いを正当化するように熱弁を振るっていた。

「あ、あの、わたしたちどうしたら……？」

「……」

先ほどの攻撃で大講堂の最上部は破壊され、その時に生じた煙のおかげで、俺たちは共和国解放戦線の連中からも真下の武器を持った奴《やつ》らの仲間の目からもうまく隠れることができている。

そんなことを考えながら周囲を見渡していると、上階の明かりのない部屋が視界に入った。

ん、あそこならフィーネを抱えて飛び移れそうそうだな。

「アッシュさん、どうかしましたか？　もしかして何かこの状況から脱する策を思いついたのですか？」

「ああ。というわけでフィーネ、ちょっと失礼するよ」

「へ？　えええええ⁉」

そう言うと俺はフィーネを抱き抱えて勢いよく駆け出しバルコニーからジャンプし、そのまま一階上の部屋の窓ガラスを蹴破り突入する。

思っていた通りどうやらこの部屋は倉庫らしく、室内にあのテロリストの仲間はいない。

それに外の連中も気づいていなそうだ。

「けほ、けほ、けほ」

「悪い。状況が状況だったからさ」

「い、いえ、それは大丈夫です。……お姫様抱っこしてもらえましたし」

「ん、何か言ったか？」

「なな、何も言ってませんよ⁉　それよりこれからどうされるんですか……？」

「んー、そうだな……」

この部屋には保存食がある程度備蓄されているし、水については魔法で調達することができる。騎士団の救援が来るまで立て籠もることもできなくはないが。

「子供が一人逃げたよ！」

「騎士団の詰所に駆け込まれる前に捕まえるんだ！　殺してでも止めないと総括が……」

子供……。

「フィーネ、重ね重ね申し訳ないんだけど……」

「助けたいんですよね。もちろん協力させていただきます」

「ありがとう。ならこの棒に加護をかけて、ドアを開けたらとびきり明るい光の球を生成して奴らの視界を奪ってくれ」

「分かりました」

そう言って、俺は聖魔法でコーティングされた木の棒を持つと勢いよく扉を開く。

「なっ、まだ隠れていた奴が⁉」

「つかまえ――め、目が⁉」

廊下では仮面と長いローブを身に着けたテロリスト二人が、俺たちが飛び出してきたことに狼狽《ろうばい》し、続いてフィーネが放った聖魔法で視界を奪われ混乱する。

「はあ！」

「がはっ！」

テロリストはやみくもに剣を振るうが、俺はそれを木の棒で受け止めると仮面に覆われたあごを蹴って仰《の》け反《ぞ》らせ、手刀で意識を刈り取る。

続いて彼らを無理やり押さえつけ、その武器を奪うと倉庫に放り投げた。

他に敵の姿はなし。あとは……。

「あんた、大丈夫か？」

「あ、ああ……。私なら問題ない」

俺が声をかけると、明らかに手入れのされていないボサボサの髪と着崩した学院の制服を身に着けた少女は肩で息をしながら立ち上がる。

……あれ？　この恰好にこの声、もしかして。

「まさかきみに命を救われるとは思ってもいなかったよ。アッシュ・レーベン」

「さ、サラサさん……？」

俺が助けたのは学院の異端児、サラサ・エンフォーサー嬢だったのだ。

「これで良し、と」

ひとまず倉庫にあった縄でテロリストを拘束すると改めてサラサ嬢に向き直る。

「いやはや、まさかトイレから出たら騎士を倒した賊が襲ってくるとはな。流石《さすが》の私もこれは予想できなかったよ」

と、フィーネの聖魔法による治療を受けながら、サラサ嬢は心底疲れ果てた様子でそう話す。

まあトイレに行っている間にテロリストが襲ってくるなんて、中二病の妄想のようなことが現実に起きるとは普通予想できないわな。

「そしてこいつらが私を襲ったテロリスト、というわけか」

「おい！　危ないぞ！」

「君の拘束を彼らが破ることはできないから心配は無用だ。それに私は大抵の魔法であれば無力化できる」

聖魔法で回復して元気を取り戻したサラサ嬢は、まだ意識を失っているテロリストが着ているものに手を伸ばす。

「ほお、随分と若いな」

仮面が外され現れた彼らの顔は想像していたよりも遙《はる》かに若い……少なくとも俺より三つか四つは下と思われる子供のものだった。

「なるほど、仮面とローブは姿を隠して大人に見せかけるためのものだったってわけか」

共和国解放戦線は、口減らしなどで捨てられたり村から誘拐したりした子供たちを教練して自軍の戦力に加えていると聞く。

本当に胸糞《むなくそ》の悪い話だ。

「あの、それだけじゃないと思います」

そう考えているとフィーネが口を開く。

「それだけじゃないってのは？」

「その、単に身を隠すためだけのものにしては魔力が多いような……」

「その娘の考えていることは正解だ。この仮面とローブは身体能力を底上げする術式が組み込まれた魔導具だ」

続いてサラサ嬢がフィーネの考えを肯定しながら鑑識結果を伝えてきた。

「魔導具？」

「ああ。これらはどこかから術式により遠隔で魔力を供給されている。だから子供でも騎士顔負けな身体能力を得られたというわけだ」

遠隔で魔力を供給……。！　だったら！

「サラサさん、その魔力がどこから供給されているか分かるか？」

「造作もないことだ。しかし何のために――」

「『魔力酔い』を誘発させるんだよ」

この世界の人間は、自分の許容量の限界を超えた魔力を与えられると強い頭痛や吐き気、平衡感覚の消失など体に異常をきたす。これは『魔力酔い』と呼ばれ、魔導具に触れる際の要注意事項とされていた。

「なるほどな。きみほどの魔力を持つ人間が術式に介入すれば魔力酔いを起こせるだろうな。……追跡魔法で位置を特定した。魔力は大講堂の壇上《だんじょう》付近から供給されているらしい」

だったら話は早い。魔力結晶とやらを奪って奴らをショートさせてやるだけだ。

しかし相手はテロリスト、何をしてくるか分からない。ここは俺だけで――。

「アッシュさん。一人で危ないことをしようとしていますね？」

「い、いや？　そんなことは……？」

「わたしも連れて行ってください。一人より二人の方が安全です」

そう語るフィーネの顔は決意に満ち溢《みあふ》れていた。

これは下手な説得じゃ納得しないだろうな……。

「分かった。ただし無茶なことは絶対するなよ」

「はい、それでは――」

「おい待て。まさか私を一人ここに置いていくつもりかね？」

と、そこでサラサ嬢が口を挟んでくる。

「まさか、君も来るつもりなのか？」

「私に戦闘の心得はない。もしここにテロリストが来たら陵辱されて殺されるのが関の山だ。きみに着いていった方が遥かに安全だろう。それに私の魔法はきみたちの目的を達成するのに役に立つぞ」

たしかにここにサラサ嬢を一人っきりにしておくのはまずいか。それに彼女の力が役立つのは間違いないだろう。

「……分かった。だけど君も無謀なことはしないように」

「もちろん、心得ているよ」

サラサ嬢は笑みを浮かべて頷《うなず》く。

……不安はあるが、それでも今は信じるしかないか。

俺はテロリストから奪った剣を手に取ると、大きく息を吐く。

「それじゃあ、行くぞ」

そう言って俺は慎重に扉を開いた。

「おい、今そこに誰かいなかったか？」

「いや？　お前の気のせいじゃないか？」

「そうか……。ならいいんだ」

そう言ってテロリストどもは俺たちから遠ざかっていく。

それを確認した俺はフィーネとサラサ嬢に合図を送ると、扉を開いて大講堂で賓客などが使うボックス席へ飛び込む。

「フィーネ、サラサさん、大丈夫か？」

すかさずカーテンを閉めて、続いて慎重に扉の鍵を閉めた俺は、小さな声で二人の状態を確認する。

「わたしは大丈夫です。ただ……」

「し、しぬ……！　こんな距離を全力で走らせるなんて、わ、私を殺す気か……!?」

サラサ嬢は肩で息をしながら壁によりかかっていた。

敵との戦闘で、時間と体力を浪費しないよう所々で立ち止まって小休止する時間はあったし、フィーネの聖魔法による身体強化があったから、そこまで疲れることはないはずなんだが……。

「待っててください。すぐに楽にしますから」

「ぉ、おお……！　疲れが消し飛んでいく……！」

フィーネが疲労回復の魔法を使うとサラサ嬢は元気を取り戻していく。

「どうでしょうか？」

「いやはや、まさか人体にこのような作用をもたらす魔法が存在したとは。古文書に記されている神代の魔法にもここまでのものはなかったぞ。なあ、きみ。その魔法について調べさせてくれないか？　なに、悪いようにはせんよ」

「えっと、その……」

魔法を研究させてくれとせがむサラサ嬢に、フィーネは困った様子で俺の方を見た。

「待て待て。そういった話は無事に脱出してからにしろ」

「む、それもそうだな。ならば諸君、さっさとあの賊どもを倒そうじゃあないか！」

「ならもう一度追跡魔法で魔力結晶の位置を調べてくれ」

「ああ、任せておきたまえ！」

そう言ってサラサ嬢は魔法を発動する準備に取りかかった。

「……あの、ありがとうございます」

「お礼を言われるようなことじゃないよ。それよりも……」

俺はカーテンをそっと開きパーティー会場の様子を確認する。

「おい！　ちんたらしてないでこいつらをさっさと拠点に移送できるようにしろよ！　何

のために飯を食わせてやっているのか分かってるのか、ああ⁉」

壇上では犯行声明を読み上げていたあの男が、王族しか座ることが許されていない椅子に座ってふんぞり返りながら、部下が持ってきたパーティー用の食事を手掴《てづか》みで食べつつ怒声を飛ばしていた。

そんな男の指示に部下、というより拐われてきたのであろう子供たちは、怯《おび》えた様子でパーティー出席者たちの拘束作業を行う。

「っ、ひどい……」

それを見てフィーネは顔をしかめる。

まあ、あの光景を見せられて不快な思いをしない人間はそうそういないだろう。

一方で会場で起きていることは俺たちが奴らを攻撃する助けになる情報を与えてくれた。

一つは壇上でふんぞり返っているあの男が、このテログループのリーダーかそれに近い存在だということ、もう一つはこのテログループの構成員の大半は恐怖で支配されている脆《もろ》い集団だということ。そして奴らは反撃されるという事態を全く想定していないということだ。

「追跡魔法の結果が出た。やはり魔力結晶は壇上から移動していないな」

そこでサラサ嬢が追跡結果を伝えてくる。

今、あの壇上で動いていないのはあのリーダーらしき男だけ。つまり俺が攻撃するべき相手は――。

「サラサさん。奴らを驚かして怯えさせられるような魔法を使えたりしないか？」

「炸裂《さくれつ》魔法なら可能だが……まとめて吹き飛ばした方が楽じゃあないか？」

「まあ、一応被害は最小限に収めたいからさ」

「ふむ。であればなるべくきみの意向に沿うようにしよう」

「ありがとう。フィーネ、彼女が炸裂魔法を使ったらここを下りて奴を強襲する。加護をかけておいてくれ」

「っ、はい！」

俺がそう言うと、フィーネはさっそく聖魔法による加護を俺にかける。

「じゃあ、サラサさん。俺が合図をしたら壇上に炸裂魔法をぶっぱなしてくれ」

「ああ、任せておけ」

再びカーテンをそっとめくりパーティー会場の方を見ると、リーダーと思われる男が食べた食事の皿を手下が回収してどこかへ持っていこうとしていた。

今なら被害を受ける人間はあいつだけで済む。

「サラサさん、頼む」

「了解した」

サラサ嬢はカーテンの隙間から魔法杖《じょう》をパーティー会場に向けて突き出すと、魔力を一気に放出した。

「なっ、なんだ⁉」

次の瞬間、『パンパン』という小気味いい音と共に壇上付近の床や構造物が破裂し、リーダーの男は混乱した様子を見せる。

──今だ！　俺はカーテンを開いて一気にパーティー会場へと飛び下りると、リーダーの男の顔を思い切り殴り床に叩《たた》きつけた。

「ぐっ……、き、貴様、よくもこのオレの顔を汚しやがったな……！」

よろよろと立ち上がると、懐から紫色の結晶を取り出してそれを掲げる。

「お前ら！　このクソ野郎を殺せ！　こいつはお前らをごみ溜《た》めから救ってやったこのオレを傷つけたんだぞ⁉　ほら、さっさとやれよ⁉　また【反省】を受けたいのか⁉」

【反省】、その言葉を聞いて子供たちは震えながら各々の武器を手に握った。

仮面を被っているから表情は分からないが、それでもあの反応を見るにろくなものでないのは確かだろう。

ともかく手下にされている子供たちは奴への恐怖から俺を殺そうとしてくる。

「──させません！」

しかし子供たちは突如出現した光の壁に遮られ近づけなくなってしまう。

「サンキュー、フィーネ。助かったよ」

「アッシュさんにだけ辛い思いはさせられませんからね」

続いて壇上に下りてきたフィーネにそう伝えると、俺はリーダーの男を見る。

「クソ！　こんな化け物どもがいるだなんて聞いてねえぞ！」

奴は狼狽しながら俺たちに背を向けて逃げ出そうとしていた。

（あれじゃ「お好きに攻撃してください」と言ってるようなもんだな）

「があっ⁉」

そんなことを思いながら俺は一息でリーダーの男に迫るとその手から魔力結晶を奪い、ついでに蹴り倒しておく。

さて、後はこいつに全力で魔力を注ぎ込めば。

「うあ……」

「っ……⁉」

振り向くとフィーネが聖魔法で押さえていた子供たちが次々と倒れていく。どうやら無事に魔力酔いは発生したようだ。

「お前の手下は全員無力化した。降参するなら今の内だぞ」

俺は口を切ったのか血を垂らしているリーダーの男に剣先を向けて降伏勧告をする。

「ぐっ……い、いや、まだだ。まだオレは負けてなどいない……！」

「いやいや、状況を考えろ。お前以外に戦える奴なんて――」

「いいや、まだここにある！」

リーダーの男は懐から魔法陣のようなものが描かれた紙切れを取り出すと、自分の血をそれに垂らした。

次の瞬間、その紙は膨大な魔力を放出し、やがてそれは空中で人のような姿へと変化していく。

「⁉　これは……」

「ははは、あはははは！　もう捕虜などどうでもいい！　同志より託されたこの【悪魔】で貴様らを皆殺しにしてやる！」

男が狂ったように笑い叫んでいる中、実体化を果たした【悪魔】は静かに降り立つと俺たちを見下ろす。

体高はおよそ二メートル、赤茶けた肌にスキンヘッドの頭に洞角《どうかく》を二つ生やし、上半身は裸、下半身には黒いブーツを履き、両腕が鉄球と融合した一つ目の異形。

なんだ、この化け物は？　こんな敵キャラ、『キズヨル』にはいなかったはずだ。

「あ、悪魔だと……⁉」

「賊がなぜあれを呼び出す方法を知っているんだ⁉」

「ひっ、ひいいいいい⁉　だ、誰か！　誰か助けてくれ！」

人質となっている貴族たちが阿鼻叫喚《あびきょうかん》の悲鳴をあげている中、俺は思わぬイレギュラーの登場にフィーネを庇《かば》うようにしながら警戒していると、召喚された悪魔は俺たちではなく、まだ床に倒れている男の方へと視線を向ける。

「……我を呼び起こしたのは汝《なんじ》か？」

「あ、ああ、そうだ！　お前を召喚したのはオレだ！」

「なるほど。それで汝は我を召喚して一体何を成そうと？」

「あ、あいつらを殺せ！　オレの邪魔をするクソ野郎どもと役に立たないクソガキども、オレの姿を見た王国の豚ども！　オレの邪魔をした奴をすべて殺せ！」

「汝の邪魔をした者をすべて殺せ、か。よかろう、汝の願いは我、【魔人オロク】が叶《かな》えてやろう」

魔人オロクと名乗る悪魔がそう答えると、男は口角を上げて俺たちを指差す。

「ひゃははは！　今さら許しを願ってももう遅いぞ！　オレの邪魔をする奴は全員皆殺し――」

「ではまずは汝から殺すことにしよう」

「――ぁえ？」

そして男は俺たちに罵倒の言葉を浴びせ始めるが、それは魔人オロクの左腕と融合している鉄球により下半身が潰されたことで打ち切られてしまう。

「ま、待て！　お前を召喚したのは、お前の主はこのオレだぞ⁉　それに殺すのはオレじゃなくて邪魔者のあいつら――」

「汝の体と精神は取り返しがつかないほど脆弱《ぜいじゃく》で堕落し、汝の道を邪魔する最大の障害物となっている。だから最優先で殺すことにした。そして我と汝を結ぶのは契約のみ。我が真に忠誠を誓うのは魔王様ただ一人だ」

　そう言って魔人オロクは、今度は右腕を振り下ろすと男を赤い染みへと変えた。

『キズヨル』のサブシナリオでもあったが、悪魔と召喚契約を行う時は決して感情的にならず、しっかりと何をしてほしいかを伝えなければならない。

　もしそれを怠り悪魔につけ入る隙を与えてしまえば、召喚主を殺害するなどして自由の身となり好き勝手し始めるからだ。

　それこそ今、あの男が悪魔に殺されてしまったように。

「さて、我と奴との契約は生きている。次は貴様だ、小僧」

　次にオロクはこちらを見ると反動で床が抉《えぐ》れるほどの跳躍をして、勢いそのままに俺を両腕の鉄球で叩き潰そうとしてくる。

　それを俺は剣でパリィして防ぐことには成功する、が。

「くっそ、なんて馬鹿力だよ……！」

　オロクの攻撃で剣はひび割れ、俺の両手は激しい痛みを訴えだす。

「奴の血から見た記憶で、貴様がここで最も強い人間だということは分かっているからな。

最初に潰しておくに越したことはない」

そう言ってオロクは再度攻撃の構えを見せる。

……奴は秘匿領域のボスクラスかそれ以上の強さを持った敵だ。このまま正面から攻撃を防いでいても遠からずあの男と同じように床の染みにされてしまうだろう。

……だったら！

俺は風魔法と水魔法を使い屋内に小規模の嵐を発生させて雷をオロクに向けて放つ。

「っ、追撃を！」

続いて俺はフィーネを見てそう叫ぶと、彼女は無言で頷き『フライングスターショット』の時に見せた拡散させた光の奔流を奴がいた場所に放った。

強力な魔法の同時発射、これにより砂ぼこりが発生してパーティー会場を覆い、オロクの姿は見えなくなる。

……やったのか？

あれだけの攻撃を浴びせたのだから少なくとも無傷ということはないだろう。

そう考えながら俺は使い物にならないとは分かりつつも剣を構えて、魔法の着弾地点に近づこうとした、その時だ。

「一手足りなかったな、小僧」

オロクの声が聞こえると同時に頭上にあの鉄球が現れ、俺に向けて振り下ろされる。

奴はたしかにダメージを負ってはいたが、男を叩き潰した鉄球とそれを動かす筋肉は未《いま》だ健在だった。

「く、ぐう……！」

俺はそれを剣で受け止めようとする。

だが既に限界を迎えていた剣は、奴の二度目の攻撃でひび割れが全体に及び、ついに砕けてしまう。

なら次は風魔法で……！

「おっと、その手は封じさせてもらおう」

そう言うとオロクの背中がボコボコと膨れて新たに二本の腕が生成され、剣を支える俺の腕を強く摑《つか》んだ。

「ぎ、くそっ……」

「さあ。貴様が泣き出すのが先か、それともその腕が木《こ》っ端《ぱ》微塵《みじん》となるのが先か、見せてもらおうか？　んん？」

「……なら、見せてやるよ！」

俺はモロクの胴体に全力で蹴りを入れ、腕の拘束が緩んだ隙に奴から離れて空中に逃げる。

「く、くくく！　面白い、そうでなくてはなぁ！」

それに対してモロクは邪悪な笑みを浮かべると、さらに背中に無数の伸縮する腕を生やして俺を追いかけ始める。

俺は壁ジャンプや魔法攻撃などで腕から逃げようとするが、いくら消しても減ることのない腕の大群に捕まってしまい、四肢を拘束されたまま床に叩きつけられてしまう。

「くく、実に楽しませてもらったぞ。さて、後はお前をどう調理するか決めないとなぁ？」

「こ、の……」

……もう腕にも足にも感覚がない。体に力も入らない。ここまでなのか？

こんなことなら、フィーネだけでも何とか脱出させておけばよかった。

俺はそんな遅すぎる後悔を抱きながら、意識を失いそうになる。

「――アッシュさん!!」

「があっ!?」

フィーネが俺の名前を強く叫ぶ。

それと同時に光の雨が天から降り注ぎ、オロクの体はそれに焼かれて白い煙を上げる。

一方、折れかけていた俺の腕は急速に回復し、体中の激痛も肉体的な疲労もすべてが消えていく。

何が、どんな原理でこの現象を起こしているのか、俺には何一つとして理解できなかった。

唯一俺の頭にあったのは奴を倒す機会は今この瞬間だけということだけ。

「う、おおおおお！」

俺はほんの少ししか刃が残っていない剣を握ると、それをオロクの頭に向けて投げる。

「まさか、あの女以外の人間が女神の力をここまで……」

額に剣が突き刺さったオロクが最後にそんなことを呟《つぶや》くと、奴の体は灰の山となって急速に崩れ、光の雨も消滅してしまう。

それを見て俺は緊張の糸が切れたのか、よろめき、その場に倒れそうになりかけるが、後ろから誰かに優しく支えられる。

振り向くとそこには今にも泣き出しそうなフィーネの顔があった。

「……大丈夫ですか？」

「あ、ああ。ありがとう、フィーネ」

俺はフィーネに支えられながら、ゆっくりその場に座ると息を吐く。

「やった、終わったよ。フィーネ」

「……はい、本当にお疲れでした」

そして俺は天を見上げる。

一連の戦闘で崩れた大講堂の天井からは優しい月の光が俺たちを照らしていた。

エピローグ

「アッシュ・レーベン。我々が人質となっていたらラクレシア王国にとって重大な損失となっていた。君の勇敢な行動には心の底から感謝しているよ」

「ははは……それはどうも。ですがこれは自分一人の手柄ではありませんので」

「たしかにそうだ。この手柄はテロリストに屈することのなかった我々全員の戦果だな！」

魔力酔いにより意識を失っている間に厳重に拘束されたテロリストが、騎士団によって連行されていく様子を眺めていると、夜会の招待客で上級貴族らしい小太りの老人がやや上から目線で話しかけてきた。

これ以上面倒くさいことには巻き込まれたくない。そう考えてとっさに話題を逸《そ》らしてみると、老人は上機嫌に「これは自分たちの戦果だ」と嘯《うそぶ》きながら立ち去っていく。

……あのじいさん、後ろの方でずっと頭を抱えながら「どうしてこんなことになったんだ！」とヒステリックに呟《つぶや》いていただけなのに、よくもまあ、あんな厚顔無恥なことができるな。

小太りの老人が去ったのを見届けてから盛大にため息をついていると、フィーネが不安そうな顔をしながら俺のもとへ駆け寄ってきた。

「アッシュさん、どうかしましたか？」

「いや、お偉いさんの相手は苦労するなと思っただけだよ。それよりフィーネの方こそ大丈夫か？」

「わたしは大丈夫です。ただ皆さんを魔法で治療しているだけですから」

そう語るフィーネだがその顔は疲れているように見える。

ついさっきまで重傷を負っていた者を聖魔法で治療しているのだから、当然といえば当然か。

「今さらだけど騎士団も救護員やポーションを持ってきてるから、フィーネ一人が彼らを治療する必要はなかったんだぞ」

「……それでも目の前で苦しんでいる人を放ってはおけませんでしたから」

「そうかい。なら何も言わないよ」

流石《さすが》は開発者から「乙女ゲーの正統派ヒロインを目指した」と語られるだけのことはある主人公っぷりだ。

俺みたいに殴る蹴るしか頭にない人間とは大違いだな。

「フィーネ、夜会は中止で明日は臨時休校。生徒は全員、騎士団が警護する寮に泊まるようにってさ。イアンたちももう寮の方に戻ったよ。『フィーネちゃんによろしく』だってさ」

「そうですか……」

フィーネは辺りを確認すると、一呼吸置いて「分かりました」と話す。

しかし彼女の顔はまだ曇ったままで、お世辞にも調子がいいとは言えない。

「魔力を使いすぎて疲れているのか？」

「い、いえ！　ただその、あの子たちがどうなるのか心配で……」

「ああ……」

テロ組織に誘拐されたという背景があるとはいえ、王族が出席するパーティーを襲ったのだから彼らには何かしらの処罰が下されるだろう。

けれどどうにかできないわけではない。

「今回の件で俺たちはたくさんのお偉いさんの恩人になったんだ。あの人たちに働きかけて情状酌量を認めてもらったら何とかなるさ」

「そうだといいんですが……」

そう言ってもフィーネの顔は暗いままだ。

……。

「フィーネ、少し跳ぶから舌を噛《か》まないようにしてくれよ」

「え⁉　ちょ、ちょっと待って──」

俺はフィーネをお姫様抱っこすると、そのまま大講堂の外壁を駆け上がり無人の屋上へと移動する。

テロリストを連行し終えたこともあって騎士の数は減っており、俺たちの姿に気づく者はいない。

これなら多少派手な動きをしても誰かにバレることはないはずだ。

「あっ、あの、アッシュさん……？」

「フィーネ、夜会の最後にはダンスパーティーが行われるって言っただろ」

「は、はい。そう聞きましたが」

「まあその、何だ。もうすっかり真夜中だし人もいないけど、それでもここが今日学院で一番目立つ場所ということは変わらない。だから──」

そこまで言って今さら自分が物凄《ものすご》く恥ずかしいことを言おうとしていることに気づき、沸騰しそうになるような思いをしながら必死に続く言葉を捻《ひね》り出《だ》す。

「……だから、さ。ここでそのダンスパーティーをやろうぜ。そのドレスを活躍させてあげるために」

と、俺が不恰好《ぶかっこう》にフィーネに右手を差し出すと、彼女は一瞬呆気《あっけ》に取られたように目を

パチクリさせるが、次いでクスッと笑みを浮かべて俺の右手を取った。

「……アッシュさんは本当に優しいですね。では、よろしくお願いいたします」

そうして俺たちはあの優しい月の光を背景に踊る。

BGMはなく、お互い不慣れなこともあって酷《ひど》い出来のダンスだったが、それでもその時は身分だとか学院だとか今後のことだとか、面倒くさいものから解放されて自由に夜空を舞った。

※　※　※

「クソッ！　どうしてこの僕がこんな小汚ないところを歩かなくてはならんのだ！」

ラクレシア王国第二王子たる僕、アルベリヒ・ア・ラクレシアはユージーンたちや愛《いと》しいエリーゼと共に小汚ない地下水道を歩かされていた。

エリーゼは意識が朦朧《もうろう》としていて自分で立って歩くことすらできないでいる。そのため僕が彼女に肩を貸して移動しているのだが、そのために移動速度は落ちていく一方だ。

しかし。

「皆様、エリーゼ嬢は私どもがお運びいたします。どうか無理をなさいませんよう……」

「お前たちにエリーゼを預けることなどできるか！　共和国解放戦線の賊ではないようだ

が、お前たちが兄上の従者のフリをしていた得体の知れない奴《やつ》らだということに変わりはないのだからな！」

僕たちとエリーゼは賊が講堂を襲撃し混乱が生じた際、兄上の従者のフリをして潜伏していたこいつらによってこの地下水道へと連れ出され、そしてそこで待ち構えていたこいつらの仲間と共に「安全な場所」へと案内されることになった。

彼らはあの賊と違い僕を殿下と敬ってはいる。だからといって信用に値する味方では決してないのだが。

「いい加減白状したらどうだ。お前たちが何者で僕をどうするつもりなのかを！」

「……そうですね、この辺りであればお話ししてもよろしいでしょう」

そう言って奴らの頭目と思われる黒いフードを被った冒険者らしき恰好の男がこちらを振り返ると、その顔を露《あらわ》にして話し始める。

「我々は『ルーヴェン・ヴァスキア同盟軍』。殿下の身に起きた不幸に誰より同情し、そしてラクレシア王国がエリーゼ・リングシュタットに与えた拷問に憤り、そして――エリーゼ嬢に起きた不幸を解決する方法を知る者です」

あとがき

この度は『路地裏で拾った女の子がバッドエンド後の乙女ゲームのヒロインだった件』をご購入いただきありがとうございます。

作者のカボチャマスクです。

まずはこうして一つの文庫本として完成させることができ、皆様のお手元へ送り届けることができたことに安心感を覚えております。

誰とも結ばれることがなく翼が折れた元ヒロインが、主人公と時にいちゃつきながら、艱難辛苦《かんなんしんく》を乗り越えて再びヒロインとして羽ばたく……そんな本作を楽しんでいただければ何よりです。

本作を執筆するに至った経緯ですが、とある恋愛ゲームをプレイしていてCG回収のためノーマルエンドを見た際に、「誰とも結ばれることのないままエンディングを迎えた主人公はどうなるのだろうか？」「バッドエンドの後にヒーローと出会ったら、ヒロインにはどんな変化が起きるのだろうか？」という妄想をしたことから始まったものでした。

やがてこれを妄想として終わらせることができなくなり、自ら執筆しＷＥＢで投稿したわけですが、多くの読者様から応援していただき、さらにはこうして出版のお声がけを貰《もら》うことになるなんて夢にも思っていませんでした。

ＷＥＢ版にて本作に感想を送っていただき、評価してくださった読者の皆様、書籍の制作・販売に関わってくださった皆様には感謝してもしきれません。本当に、本当にありがとうございました。

さて、本作は話の大筋はＷＥＢ版と同じですが、イベントやアッシュとフィーネの関係の変化などがブラッシュアップされております。

ＷＥＢ版を読んで「ここがこうなったか」と比較して読んでみるのも面白いかもしれません。

それでは最後に、書籍について右も左も分からない素人の自分と何度も打ち合わせをしてくださり完成へと導いてくださった担当編集のＳ様。

キャラクターに魅力あふれる姿を与えてくださったイラストレーターのへいろー様。

本作を出版してくださったスニーカー文庫様、並びに出版に関わってくださったすべての関係者様。

そして現在もＷＥＢに投稿中の本作を応援してくださっている読者の皆様に心から御礼申し上げます。

路地裏《ろじうら》で拾《ひろ》った女《おんな》の子《こ》がバッドエンド後《ご》の乙女《おとめ》ゲームのヒロインだった件《けん》

著　カボチャマスク

角川スニーカー文庫　24432
2024年12月１日　初版発行
2025年７月５日　３版発行

発行者　山下直久
発　行　株式会社KADOKAWA
〒102-8177 東京都千代田区富士見2-13-3
電話　0570-002-301（ナビダイヤル）

印刷所　株式会社KADOKAWA
製本所　株式会社KADOKAWA

◆◇◇

※本書の無断複製（コピー、スキャン、デジタル化等）並びに無断複製物の譲渡および配信は、著作権法上での例外を除き禁じられています。また、本書を代行業者等の第三者に依頼して複製する行為は、たとえ個人や家庭内での利用であっても一切認められておりません。

※定価はカバーに表示してあります。

●お問い合わせ
https://www.kadokawa.co.jp/（「お問い合わせ」へお進みください）
※内容によっては、お答えできない場合があります。
※サポートは日本国内のみとさせていただきます。
※Japanese text only

©Kabochamasuku, Heiro 2024

Printed in Japan　ISBN 978-4-04-115550-9　C0193

★ご意見、ご感想をお送りください★
〒102-8177 東京都千代田区富士見 2-13-3
株式会社KADOKAWA　角川スニーカー文庫編集部気付
「カボチャマスク」先生「へいろー」先生

読者アンケート実施中!!

ご回答いただいた方の中から抽選で毎月10名様に「図書カードNEXTネットギフト1000円分」をプレゼント!
■ 二次元コードもしくはURLよりアクセスし、パスワードを入力してご回答ください。
https://kdq.jp/sneaker　パスワード　**kw7dh**
●注意事項
※当選者の発表は賞品の発送をもって代えさせていただきます。※アンケートにご回答いただける期間は、対象商品の初版(第1刷)発行日より1年間です。※アンケートプレゼントは、都合により予告なく中止または内容が変更されることがあります。※一部対応していない機種があります。※本アンケートに関連して発生する通信費はお客様のご負担になります。

[スニーカー文庫公式サイト] ザ・スニーカーWEB　https://sneakerbunko.jp/

「私は脇役だからさ」と言って笑う
そんなキミが1番かわいい。
クラスで2番目に可愛い女の子と友だちになった
たかた [イラスト] 日向あずり
第6回 カクヨムWeb小説コンテスト 特別賞 ラブコメ部門
「クラスで2番目に可愛い」と噂の朝凪さん。No.1人気の天海さんにも頼られるしっかり者の彼女は……金曜日の放課後だけ、俺の家に遊びに来る。本当は無邪気で甘えたがり。素顔で過ごす、二人だけの時間。
スニーカー文庫

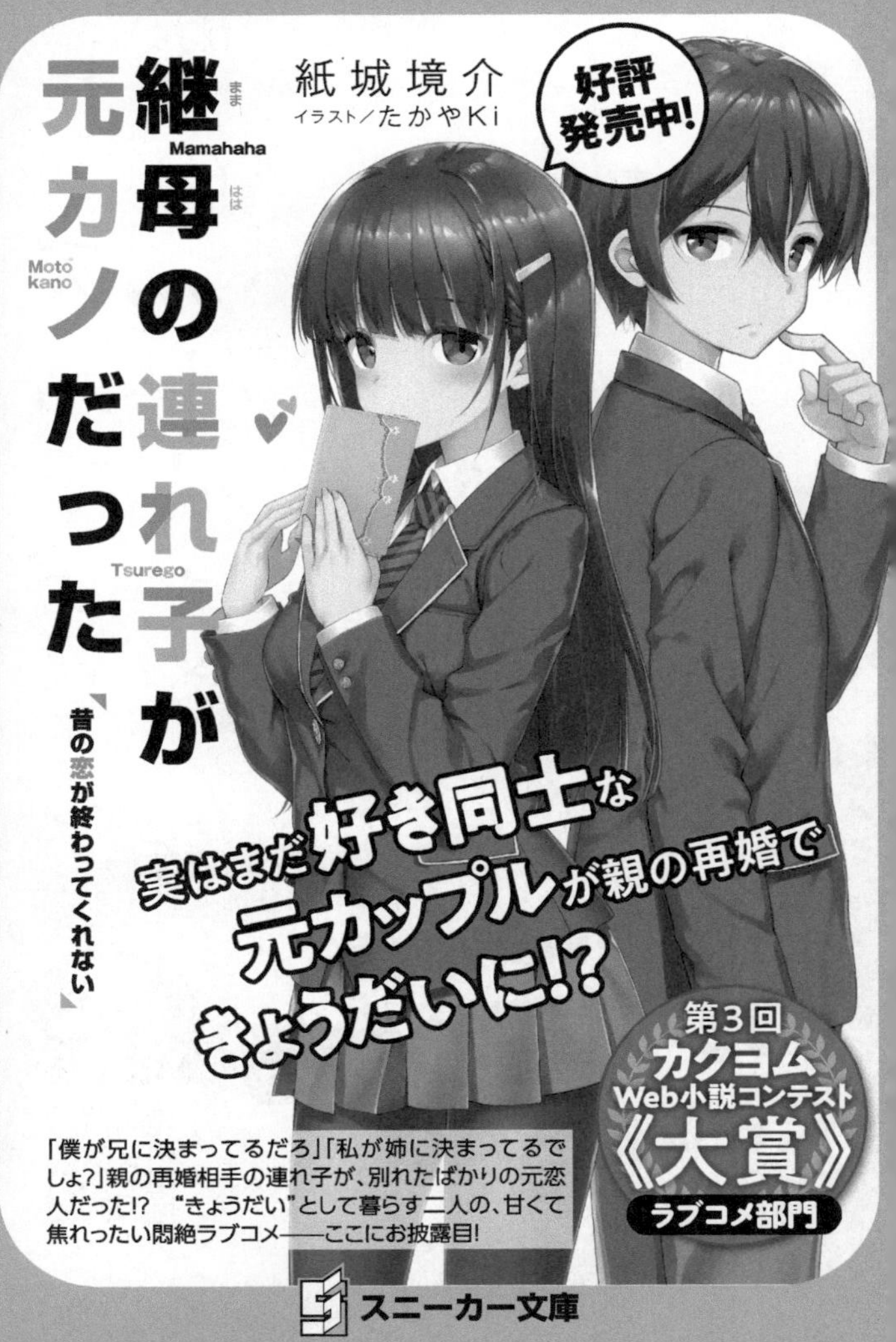
継《まま》母《はは》の連れ子が元カノだった
Mamahaha Tsurego Moto kano
「昔の恋が終わってくれない」
紙城境介
イラスト／たかやKi
好評発売中!
実はまだ好き同士な
元カップルが親の再婚で
きょうだいに!?
第3回
カクヨム
Web小説コンテスト
《大賞》
ラブコメ部門
「僕が兄に決まってるだろ」「私が姉に決まってるでしょ?」親の再婚相手の連れ子が、別れたばかりの元恋人だった!? “きょうだい”として暮らす二人の、甘くて焦れったい悶絶ラブコメ——ここにお披露目!
スニーカー文庫

時々ボソッと
ロシア語でデレる
隣のアーリャさん
Милашка❤
story by sun sun sun
illustration by momoco
燦々SUN
イラストももこ
ただし、彼女は俺が
ロシア語わかる
ことを知らない。
特設
サイトは
▼こちら!▼
スニーカー文庫

男嫌いな美人姉妹を
名前も告げずに助けたら
一体どうなる？
みょん
Illust.ぎうにう
早く私たちに
溺れればいいのに
——濃密すぎる純情ラブコメ開幕。
1巻
発売後
即重版！
学年一の美人姉妹を正体を隠して助けただけなのに「あなたに隷属したい」「君の遺伝子頂戴？」……どうしてこうなったんだ？　でも“男嫌い”なはずの姉妹が俺だけに向ける愛は身を委ねたくなるほどに甘く——!?
スニーカー文庫

静かに過ごしたいのに、
なぜか《S級美女》と
学園ハーレム
ラブコメに!?
脇岡こなつ
ill. magako
なぜか
S級美女達の
話題に俺が
あがる件
《S級美女》と呼ばれる女子高生・姫川沙羅、小日向凛、高森結奈。彼女たちが噂しているイケメンは学校一地味な俺!? 静かな高校生活を送るため、彼女たちに嫌われようと動くのだが全てが裏目に出てしまい……。
スニーカー文庫

俺の幼馴染はメインヒロインらしい。
author
3pu
illust.
Bcoca
でも彩人《モブ》の側が一番心地いいから
青春やり直しヒロインと紡ぐ学園ラブコメディ
彩人の幼馴染・街鐘莉里は誰もが認める美少女だ。共に進学した高校で莉里は運命的な出会いをしてラブコメストーリーが始まる……はずなのに。「彩人、一緒に帰ろ!」なんでモブのはずの自分の側にずっといるんだ?
スニーカー文庫

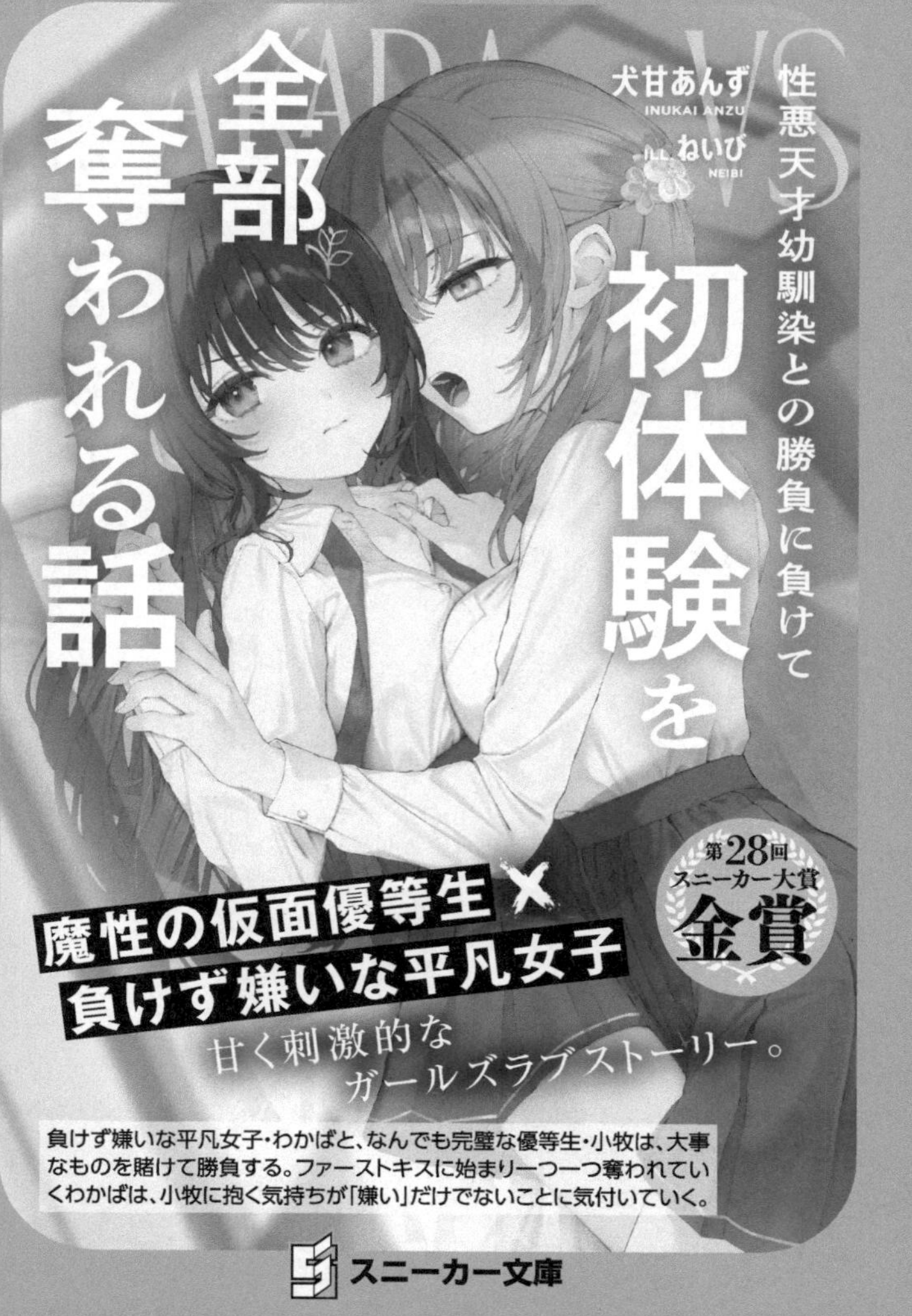

性悪天才幼馴染との勝負に負けて
初体験を
全部奪われる話
犬甘あんず
INUKAI ANZU
ILL. ねいび
NEIBI
第28回
スニーカー大賞
金賞
魔性の仮面優等生×
負けず嫌いな平凡女子
甘く刺激的な
ガールズラブストーリー。
負けず嫌いな平凡女子・わかばと、なんでも完璧な優等生・小牧は、大事なものを賭けて勝負する。ファーストキスに始まり一つ一つ奪われていくわかばは、小牧に抱く気持ちが「嫌い」だけでないことに気付いていく。
スニーカー文庫